Deseo®

La venganza

del magnate

Anna DePalo

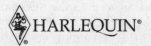

HARLEQUIN®

Editado por HARLEQUIN IBÉRICA, S.A.
Hermosilla, 21
28001 Madrid

© 2005 Anna DePalo. Todos los derechos reservados.
LA VENGANZA DEL MAGNATE, Nº 1442 - 8.3.06
Título original: Tycoon Takes Revenge
Publicada originalmente por Silhouette® Books

I.S.B.N.: 84-671-3419-4
Depósito legal: B-2584-2006
Editor responsable: Luis Pugni
Composición: M.T. Color & Diseño, S.L.
C/. Colquide, 6 portal 2 - 3º H, 28230 Las Rozas (Madrid)
Fotomecánica: PREIMPRESIÓN 2000
C/. Algorta, 33. 28019 Madrid
Impresión y encuadernación: LITOGRAFÍA ROSÉS, S.A.
C/. Energía, 11. 08850 Gavá (Barcelona)
Fecha impresion para Argentina: 4.9.06
Distribuidor exclusivo para España: LOGISTA
Distribuidor para México: CODIPLYRSA
Distribuidores para Argentina: interior, BERTRAN, S.A.C. Vélez
Sársfield, 1950. Cap. Fed./ Buenos Aires y Gran Buenos Aires,
VACCARO SÁNCHEZ y Cía, S.A.
Distribuidor para Chile: DISTRIBUIDORA ALFA, S.A.

Capítulo Uno

Los cotilleos son noticias que se adelantan a sí mismas envueltas en satén rojo.
Liz Smith, columnista

Suave, con dinero y acostumbrado a conseguir todo con facilidad.

En pocas palabras, pensó Kayla con desprecio mientras lo veía acercarse a ella desprendiendo elegancia, aquel hombre representaba todo lo que había aprendido a evitar gracias a la historia de su familia.

Noah Whittaker. Lo había visto nada más llegar a la fiesta que se celebraba aquella noche en uno de los mejores hoteles de Boston para celebrar la publicación de la autobiografía de un piloto de Fórmula Uno ya retirado.

Entonces le vino a la cabeza el titular que había escrito sobre él para la edición del *Boston Sentinel*: *Pillado con Fluffy, abandonado por Huffy. ¿Será Buffy la Caza Hombres la próxima conquista de Noah?*

Kayla imaginaba que a Noah no le habría hecho ninguna gracia, pero ella no hacía las noticias, sólo informaba de ellas. Y lo cierto era que él le daba mucho material con el que trabajar, no en vano se había convertido en un personaje esencial de su columna. Escribir sobre él resultaba muy sencillo. Conocía perfectamente a los de su especie. Actuaba como si el mundo entero fuera un cóctel preparado especialmente para él, igual que había hecho el padre de Kayla.

Lo observó mientras se acercaba y trató de eliminar una irritante sensación de nerviosismo. No había motivo alguno para estar nerviosa. Sabía que para muchas mujeres Noah Whittaker era sinónimo de pecado; sin embargo Kayla había sido vacunada contra los hombres como él nada más nacer... aunque era capaz de apreciar sus atractivos de manera completamente desapasionada. Tenía el pelo corto, grueso y del color del bronce bruñido a fuego, medía más de un metro ochenta y tenía cuerpo de atleta. Había tenido una breve y meteórica carrera como piloto de carreras, pero ahora se lo conocía por ser el vicepresidente de Whittaker Enterprises, el conjunto de empresas que la familia poseía en Carlyle, cerca de Boston.

Noah se detuvo frente a ella.

—Kayla Jones, ¿verdad? —hizo una pausa, marcando los masculinos rasgos de su rostro—. ¿O debería decir —añadió en un tono que denotaba una ligera burla—... la señorita Según los Rumores?

Kayla levantó la barbilla automáticamente. Si pretendía desconcertarla, se iba a llevar un buen chasco; tenía experiencia de sobra para enfrentarse a la mordacidad de los ricos y privilegiados.

—Exactamente, es un detalle que se acuerde.

Él torció la boca para esbozar algo parecido a una sonrisa.

—No podría olvidarme después de que usted haya estado haciendo pedazos mi vida social. ¿Eso figura entre sus deberes como columnista de cotilleos del *Boston Sentinel*?

Esa vez sí se puso en tensión. Se habían visto en varios actos sociales, pero aquélla era la primera vez que Noah Whittaker se dignaba a hablar con ella.

—Prefiero el término columnista de sociedad. Escribo para la sección de estilo del *Sentinel*.

—¿Es así como se llama ahora la sección de ficción de los periódicos?

Intentó soltar una carcajada despectiva.

—Si no hubiera oído tantas veces esa frase, creería que trata de ofenderme.

Él bajó la cabeza, como si estuviera considerando sus palabras.

—Depende de sus intenciones. ¿Está intentando deliberadamente hacer correr mentiras sobre mí, o se trata simplemente de una ventaja adicional de su trabajo?

—Para su información, todo lo que aparece en mis artículos está perfectamente contrastado y comprobado; siempre me aseguro de que mis fuentes sean fidedignas.

—Es evidente que tiene que asegurarse mejor.

—¿Estamos hablando de mi columna de hoy?

—Exactamente. Ésa y la de la semana pasada, y la anterior también. Me pregunto qué tendrán en común todas ellas.

—No es necesario que se ponga sarcástico —dijo ella—. Soy consciente de todas las veces que lo he mencionado en mis artículos.

—¿En serio? —preguntó con repentina suavidad—. ¿Y es usted consciente también de que por culpa suya Eve Bernard, o Huffy, la malhumorada, como usted la llama, ha roto conmigo?

Por lo que Kayla había oído, Eve había hecho algo más que romper con él. Según los testigos con los que había hablado, Eve le había dado la noticia acompañada de un bofetón... en presencia de las decenas de invitados que asistían a una fiesta el sábado por la noche. Un fotógrafo del *Sentinel* había conseguido retratar a Noah sujetando a Eve por los brazos y mirándola furiosamente.

¿Pero qué quería decir con eso de que había sido por culpa suya?

–¿Y eso ocurrió como resultado de mi artículo? –preguntó con escepticismo–. ¿No sería porque usted estuvo retozando con Fluffy? –al ver el modo en que la miraba, corrigió–: quiero decir, con Cecily.

Noah se echó a reír cínicamente.

–¿Retozando? Qué vocabulario tan exquisito utilizan ustedes los periodistas. Supongo que hacen todo lo que sea necesario para escribir sus insinuaciones.

Kayla movió la cabeza, abandonando todo intento de ser correcta.

–Lo que usted diga –con el rabillo del ojo vio que un grupo de invitados habían empezado a dirigir miradas de curiosidad en su dirección–. El caso es que existe una foto de Cecily y usted besándose en la puerta del club Kirkland.

–Y todos sabemos que una imagen vale más que mil palabras –respondió él–. En este caso vale más que mil mentiras. Sin embargo, si usted se hubiera tomado la molestia de investigar un poco en lugar de fiarse de una simple instantánea, habría descubierto que Cecily me pilló completamente por sorpresa.

–Qué suerte para usted.

Noah hizo caso omiso a aquellas palabras.

–Verá, Cecily tiene la extraña idea de que los cotilleos la ayudarán a lanzar su incipiente carrera como actriz... y aún más si el tipo con el que aparece resulta ser rico o famoso. Ése fue el motivo por el que se pegó a mí en cuanto vio al fotógrafo de su periódico.

–Entonces quizá debería replantearse si debe seguir saliendo con actrices en ciernes sedientas de publicidad –sugirió Kayla dulcemente–. O con

modelos no muy listas. Y, ahora que lo pienso...
–fingió tener que hacer un esfuerzo por dar con
otro ejemplo–, creo recordar también una concursante de un *reality show*.

–Dado que por el momento la lista no incluye
ninguna periodista de cotilleo –comenzó a decir,
observándola de arriba abajo–, no creo que se
deba poner en duda mi buen gusto.

–Por lo que he podido observar, su gusto se limita a las rubias platino.

–¿Me está llamando superficial?

–Si se da por aludido...

Noah meneó la cabeza.

–Tan joven y tan amargada.

¿Amargada? No, Kayla se consideraba cauta,
pero así era como debía ser cualquier mujer que
se esforzaba sola por llegar a fin de mes. Así era
como tenía que ser la hija de un hábil arribista y
de su joven amante. Pero, evidentemente, el señor
Whittaker no tenía la menor idea de por lo que
debía pasar la gente normal.

Contraatacó en voz alta:

–Nosotros los periodistas debemos pensar para
trabajar y no parece que tal capacidad tenga demasiada relevancia entre los criterios por los que
usted elige a sus novias.

–La tenga o no, es algo que no incumbe a nadie
excepto a mí.

–Para su información, no me basé únicamente
en la fotografía. Llamé a Eve y ella me confirmó
que pensaba romper con usted por culpa del inci-
dente.

–Porque a Eve le preocupa mucho su imagen
pública. Me creyó cuando le dije que usted había
malinterpretado las cosas porque ella sabe cómo
es Cecily; pero, según ella, debía parecer que ella
me castigaba por mi comportamiento.

Kayla tuvo que controlar el impulso de sonreír.

–Bueno, me temo que eso no es culpa mía.

–Claro que lo es –protestó él–. Es usted la que no deja de publicar rumores lujuriosos que están arruinando mi vida social.

–Pues búsquese otra joven aspirante a estrella –replicó ella–. Aproveche porque creo que Buffy, la caza hombres está libre.

–Ah, ése es otro tema –dijo con evidente tensión–. No necesito que me busque novia. Sobre todo si se trata de alguien a la que se le considera una barracuda con tacones.

–Qué cruel es. Debería considerar la idea de abrir sus horizontes.

Noah apoyó una mano en la pared, dejándola muy cerca de la cabeza de Kayla, que, automáticamente, se alejó de él. Él continuó mirándola con una sonrisa en los labios.

–Me pregunto por qué le resulto tan fascinante. ¿No será porque le gustaría ser una de esas mujeres con las que salgo?

–No diga tonterías –espetó ella.

La miró una vez más, deteniéndose en su mano desnuda, sin anillo alguno y dejando que sus ojos se pasearan por su pecho antes de volver a su rostro, invadido por una expresión de indignación.

–Parece usted un poco tensa. ¿Qué ocurre? ¿Acaso le gustaría que hubiera en su vida un poco más de emoción?

–No, gracias. Mi madre me enseñó a alejarme de los hombres como usted.

–Claro. Esto empieza a tener sentido. La intrépida reportera está reprimida.

–No estamos hablando de mí –le recordó fríamente. Qué desfachatez. Él no sabía nada de su vida. Absolutamente nada.

–Le parece bien sacar a la luz las vidas de los

demás, pero la suya es intocable, ¿es eso lo que piensa?

—No hay nada que sacar a la luz —replicó enseguida—. No hay nada en mi pasado tan interesante como un accidente fatal.

En cuanto las palabras salieron de su boca, se dio cuenta de que quizá se había excedido. Podía ser un completo cretino que creía que su dinero y su apellido lo sacarían de cualquier apuro, pero no debía haber mencionado una tragedia como aquélla.

Su gesto se endureció.

—Alégrese de que así sea.

—Discúlpeme —dijo ella, alejándose de él en busca de la salida más cercana.

Noah se quedó mirándola mientras se alejaba.

—¿Problemas?

A su espalda encontró a Sybil LaBreck, columnista de sociedad del *Boston World*.

—Sólo una pequeña riña de enamorados —respondió sarcásticamente, pero al ver cómo Sybil abría los ojos de par en par, se dio cuenta de que la periodista se había tomado en serio su frívola respuesta.

Sybil era la mayor competidora de Kayla en el mundo de la prensa de sociedad. A sus casi sesenta años, Sybil parecía una versión actualizada de la esposa de Papá Noel, pero lo cierto era que tenía la habilidad de descubrir los trapos sucios más escondidos.

Ahora lo miraba perpleja.

—Pero si últimamente se le ha visto mucho con esa modelo... ¿cómo se llama? Eve.

Noah estuvo a punto de decirle que estaba bromeando, pero entonces cayó en la cuenta de que aquélla era la oportunidad perfecta para devolverle el golpe a Kayla.

–Mi relación con Eve no era más que una tapadera para despistar a los paparazzi. Eve obtenía la publicidad que buscaba y Kayla y yo conseguíamos un poco de privacidad. El trato perfecto.

–No comprendo. ¡La semana pasada Eve le pegó una bofetada por haberla engañado! –recordó de pronto Sybil.

–Una manera estupenda de hacer público el fin de nuestra falsa relación, ¿no le parece? –preguntó Noah, deleitándose en privado del titular de la columna que escribiría Sybil al día siguiente.

La periodista abrió la boca, seguramente para averiguar los detalles, pero él la interrumpió con suavidad:

–Discúlpeme –dijo fijando la mirada en el otro extremo de la sala–. Acabo de ver a alguien a quien debo saludar.

–Claro –respondió Sybil, echándose a un lado.

Noah se permitió echarle una última mirada con la que comprobó que parecía un gato que acabara de conseguir atrapar a su presa.

Mientras se dirigía a la barra, pensó en lo sucedido con la autora de *Según los Rumores*. Si su periódico se editara en color, la columna de Kayla no sería más que una sucesión de exclamaciones rosa; aquellos textos eran lo más parecido a los cotilleos que compartían las integrantes de las hermandades universitarias mientras se pintaban las uñas. Aunque también era cierto que aquella columna no hacía sospechar cómo era su autora. Esa noche llevaba puesto un ajustado vestido negro que le marcaba los pechos generosos y dejaba ver una buena extensión de sus esbeltas piernas. El pelo color miel le caía como una cortina sobre los hombros descubiertos. Tenía los ojos grandes y siempre bien abiertos y los labios carnosos. En otras circunstancias, habría dicho que aquella mujer era su tipo: rubia, de pechos grandes y muy bella.

Sin embargo ni siquiera el atractivo envoltorio podía ocultar el hecho de que Kayla Jones suponía un peligro para él.

Su reputación de playboy lo convertía en objetivo de la prensa y de las burlas de sus hermanos mayores, Quentin y Matt, y de su hermana menor, Allison. Pero lo cierto era que trabajaba mucho como vicepresidente de Whittaker Enterprises, el negocio familiar que había creado su padre, James. Su título del prestigioso Instituto de Tecnología de Massachussets le era de gran ayuda para dirigir aquel negocio.

Y no iba a martirizarse a sí mismo porque le gustara disfrutar de la compañía de modelos y actrices cuando podía salir de la prisión que a veces parecía la oficina; no pensaba negarse un poco de diversión. Además, no era común encontrar gente atractiva en el mundo de los locos de los ordenadores.

Pidió un cóctel al camarero sin poder dejar de fruncir el ceño. Esa Kayla había tenido el descaro de burlarse de él por el accidente que había acabado con su carrera como piloto de carreras. Dios sabía que si hubiera podido volver atrás en el tiempo y borrar aquel terrible accidente que le había costado la vida a otro piloto, lo habría hecho. Pero parecía que la prensa no podía comprenderlo.

Las cicatrices de su cuerpo se habían curado, pero las que le habían quedado en el alma no desaparecerían nunca.

Ya con el cóctel en la mano, volvió a pensar que era una pena tener que perderse la reacción de Kayla al ver el artículo de Sybil.

Pero entonces... una sonrisa apareció en su rostro.

Sacó el teléfono móvil. El número que quería figuraba en su agenda pues lo había utilizado antes y después de numerosas citas: la floristería Bloomsville.

A la mañana siguiente, el primer indicio que le dijo a Kayla que algo iba mal fue el enorme ramo de rosas rojas que encontró en su mesa del *Boston Sentinel*. Al principio pensó que se trataba de un error y miró a su alrededor tratando de buscar una respuesta. Sin embargo después encontró la nota que acompañaba las flores.

Kayla, gracias por una velada maravillosa.

Observó la tarjeta una y otra vez, pero no encontró nada que disipara su confusión o le diera la menor pista sobre quién le había enviado el ramo... ni siquiera el nombre de la floristería.

Interesante. ¿Quién le habría mandado aquellas flores? Hacía ya un par de meses que no salía con nadie, desde aquella cita con un productor de radio después de la cual había decidido que entre ellos no había química.

Se sentó a la mesa con la intención de llamar a la recepcionista para que la informara de los visitantes, pero, como era su costumbre, primero miró los titulares de las noticias en Internet; especialmente los de sociedad. Había adquirido el hábito de leer los artículos de la competencia para estar al corriente de lo que hacían sus rivales.

Al llegar a la página de sociedad del *Boston World*, vio la fotografía en blanco y negro de Sybil LaBreck, que la miraba fijamente, como tratando de atraer su atención sobre el titular de su artículo: *Amistades Peligrosas: la relación secreta de Noah Whitta-*

ker y la periodista *Kayla Jones, también conocida como la señorita* Según los Rumores.

Se quedó helada, parpadeó y volvió a mirar.

No. Pero allí seguía el titular.

Leyó el resto del artículo mientras notaba cómo se le revolvía en estómago.

Sybil afirmaba que Noah y Kayla llevaban juntos algún tiempo y que la noche anterior, durante la fiesta, habían tenido una pequeña riña de amantes. Finalmente insinuando que los ataques que Kayla le había lanzado a Noah en su columna no eran más que una cortina de humo para ocultar la relación clandestina que había entre ellos.

La mente de Kayla se puso a funcionar a mil por hora. Quizá Sybil los había visto discutir la noche anterior y había llegado a la errónea conclusión de que había presenciado una riña de enamorados. O quizá... una posibilidad más siniestra le vino a la cabeza... quizá alguien había hecho creer a Sybil que había algo entre ellos.

Levantó la vista del ordenador y se encontró con la extraña mirada de uno de sus compañeros de la sección de salud. ¿Se habría corrido ya la voz de la noticia que Sybil anunciaba en su titular? Volvió a mirar el ramo de flores y de pronto comprendió su procedencia.

Noah. El muy cretino. Fuera él el causante de tanto lío o simplemente se estuviera beneficiando de él, iba a decirle un par de cosas.

Buscó el número de teléfono de Whittaker Enterprises y, unos segundos después, estaba hablando con la secretaria de Noah:

—¿Quién lo llama? —preguntó la secretaria en cuanto ella pidió hablar con Noah.

—Kayla Jones.

—Lo siento, señorita Jones, pero el señor Whittaker todavía no ha llegado. ¿Quiere que le dé algún mensaje?

¿Todavía no había llegado? Seguramente había trasnochado el día anterior, pensó con mordacidad. Miró al reloj de la pared, eran más de las nueve. Justo cuando iba a decirle a la secretaría que volvería a llamarlo, sus ojos se fijaron en un hombre que se dirigía hacia ella.

Noah Whittaker, radiante y sonriente.

–Déjelo –murmuró en tono despistado–. Ya lo he encontrado –no podía creer que tuviera la desfachatez de presentarse en el periódico. Parecía dispuesto a sacarle todo el partido a tan descabellado rumor.

Se puso en pie y lo miró fijamente mientras él observaba el ramo de flores.

–Me alegra ver que he gastado bien el dinero.

–Cretino –prefirió hablar en voz baja, sin importarle que su tono de voz resultara sospechoso. Lo último que deseaba en aquel momento era que alguien del *Sentinel* escuchara aquella conversación. Afortunadamente, todavía era temprano y muchos de sus compañeros no habían llegado.

Noah se echó a reír.

–Vaya manera de darme las gracias por venir a disculparme después de nuestra riña de enamorados.

–¡Sabes perfectamente que eso es mentira! –protestó sin levantar la voz, lo que volvió a atraer la mirada del periodista de salud.

–Supongo que ahora me dirás que estás indignada y quieres algún tipo de compensación.

Kayla lo miró atónita. Parecía tan satisfecho, tan irritantemente satisfecho.

–Tú lo has planeado todo. Hiciste creer a Sybil que entre tú y yo había... algo –apenas podía decirlo en voz alta–. Y después me enviaste las flores para que la historia de Sybil cobrase consistencia.

–No sólo la hice creer que había algo entre nosotros –respondió él–, sino que le dije abiertamente que estábamos juntos.

–¿Qué? –chilló en un grito ahogado.

–Anoche justo después de que te marcharas, tuve un encuentro fortuito con Sybil. Por lo visto nos había estado observando lo bastante como para darse cuenta de que estábamos discutiendo.

Kayla cerró los ojos. Aquello era una pesadilla, una terrible pesadilla.

–Hay que admitir que esa mujer tiene muy buen olfato para los cotilleos –continuó diciendo Noah–. El caso es que hice una broma sobre que lo que había presenciado había sido una riña de enamorados y se lo tomó en serio. Iba a aclararle el malentendido cuando me di cuenta de que sería más divertido sacar provecho de la situación.

–¿Así que en lugar de decirle que simplemente estábamos discutiendo, le dijiste que estábamos juntos? –preguntó con incredulidad.

–¿Qué ocurre? ¿Te resulta incómodo ser el objetivo de los rumores? No es muy agradable, ¿verdad?

–Estás disfrutando con esto, ¿verdad?

Noah se encogió de hombros.

–Debo confesar que me satisface tener la oportunidad de devolver el golpe.

–Hablemos de esto en otro sitio –propuso Kayla agarrando el bolso y la chaqueta.

–Como quieras –respondió él, ligeramente sorprendido.

Tenían que hablar, pensó Kayla, pero aquél no era el lugar adecuado. No tenía intención de alimentar aún más los chismorreos de la oficina, pero tenía que convencerlo de que llamara a Sybil y la hiciera publicar otro artículo retractándose. No soportaba la idea de que la metieran en el mismo saco que el resto de amiguitas de Noah.

De camino al ascensor, no podía evitar sentir su presencia y las miradas que se clavaban sobre ellos.

Ya en la calle, bajo el cálido sol de septiembre, respiró aliviada. Se volvió a mirar a Noah con el ceño fruncido y comenzó a hablar:

–A ver, escucha...

Pero el discurso se cortó en seco cuando él la tomó en sus brazos. Abrió los ojos de par en par. Con el rabillo del ojo vio a un hombre, un fotógrafo, que apretó el botón de su cámara justo antes de que los labios de Noah se estrellaran sobre los suyos.

Capítulo Dos

Kayla puso las manos en el pecho de Noah e intentó apartarlo, pero él hizo más fuerza.

Durante los segundos siguientes, varios pensamientos recorrieron su mente. ¿Quién era el tipo de la cámara? ¿Estaría por allí alguno de sus compañeros? Si así era, la mortificarían hasta la saciedad. ¿Qué demonios le ocurría a Noah? Sin embargo, todas esas ideas fueron arrastradas enseguida por la increíble sensación de notar los labios de Noah contra los suyos.

Besaba con indudable maestría; el movimiento de sus labios era suave pero firme, centrados en hacer que ella sintiera. Su cuerpo grande y fuerte se apretaba contra el de ella. Olía a jabón y loción de afeitado y sabía a menta... Una cálida y dulce masculinidad que embriagó sus sentidos de inmediato y la dejó paralizada.

Era como estarse besando con el capitán del equipo de fútbol delante de todo el instituto, excepto por el hecho de que ahora ella era una mujer de veintisiete años con un trabajo y multitud de cuentas que pagar y se encontraba delante del edificio en el que trabajaba a la hora a la que solían llegar su jefe y mucha otra gente.

Ese pensamiento la devolvió de golpe a la realidad.

Apartó la boca de la de Noah y lo empujó para obligarlo a alejarse. Él la miró con una mezcla de sorpresa y... «Dios»... curiosidad en el rostro.

—¿A qué viene eso? —le preguntó antes de mirar a su alrededor. El tipo de la cámara seguía allí—. ¡Y tú! ¿Quién eres tú?

Tras la cámara, no tardó en reconocer al fotógrafo del *Boston World*.

Y sintió una náusea.

El fotógrafo, que normalmente trabajaba con Sybil LaBreck, la miró sonriendo y la saludó con la mano.

—Hola, Kayla. ¿Sabes? Si no acabara de verlo con mis propios ojos, jamás habría creído ese rumor sobre Noah y tú —aseguró con aparente confusión.

Kayla no tuvo oportunidad de contestar porque en ese momento, vio a alguien caminando en su dirección. Era Ed O'Neill, el director del *Sentinel*.

Su jefe.

Se volvió hacia Noah y, con una sola mirada, se dio cuenta de que estaba tocada y hundida o, más concretamente, atrapada en una trampa. Y no se le escapó lo irónico de la situación; acababan de fotografiarla besándose con Noah del mismo modo que a él lo habían fotografiado antes besándose con Cecily.

—¡Ahora lo entiendo! —exclamó, golpeándole el pecho con el dedo—. Todo esto es parte del plan, ¿verdad?

Noah le agarró la mano.

—Preciosa... —dijo, sabiendo que tenían público—, ¿tan terrible te parece que el mundo se entere de nuestro amor?

Ella retiró la mano con un gesto airado.

—Hola, Kayla.

Ambos se dieron la vuelta para encontrarse cara a cara con Ed, en cuyo rostro se podía ver que no entendía muy bien qué estaba ocurriendo.

–Ho... hola, Ed –dijo ella con una sonrisa forzada.

Noah le tendió la mano.

–Hola, Ed.

¿Noah conocía a su jefe?

–¿Qué te trae por aquí a estas horas de la mañana? –preguntó Ed bruscamente al tiempo que le estrechaba la mano.

–Bueno... –comenzó a decir Noah.

–En realidad ya se marchaba –intervino Kayla tan pronto como pudo y después dio un paso hacia la entrada del edificio–. Subiré contigo, Ed.

Ed los miró a los dos y después al fotógrafo que seguía en la acera.

–¿Podría alguien explicarme qué está pasando?

Kayla estaba a punto de morir allí mismo, delante del edificio de su periódico. Ya podía ver el titular: *la señorita* Según los Rumores *muere por culpa de una instantánea*.

–Lo siento, Ed, pero yo tengo que irme –dijo Noah con una sonrisa en los labios antes de mirarla a ella fijamente–. Kayla te lo explicará todo, ¿verdad, cariño?

Apretó los dientes mientras veía cómo su jefe abría los ojos de par en par al oír aquel apelativo.

–Claro –dijo por fin–. Saluda a Huffy, Fluffy y Buffy de mi parte.

Volvió a mirarla con la sonrisa reflejada en los ojos.

–Descuida.

En cuanto Noah se hubo alejado, Kayla se dirigió a su jefe en voz muy baja:

–Hay un fotógrafo del *Boston World* a sólo unos metros. Te lo explicaré todo en cuanto estemos dentro.

Entraron en el edificio sin decir nada más, pero Kayla se prometió a sí misma que luego clavaría algunos dardos en una foto de Noah o quemaría un muñeco que lo representara.

El único punto positivo de tanta catástrofe era que, dado que él ya había llevado a cabo su venganza, con un poco de suerte, no tendría que volver a tener ningún tipo de relación con Noah.

Pero parecía que la suerte estaba de vacaciones esa semana.

–¡Ed, no puedes hablar en serio!

¿Por qué estaban hablando siquiera de la posibilidad de que ella atendiera una rueda de prensa en Whittaker Enterprises? ¡Una rueda de prensa que iba a dar el mismísimo Noah Whittaker! ¿Acaso no se lo había explicado todo a Ed el día anterior? ¿No le había dicho que en realidad Noah y ella se odiaban mutuamente? ¿No le había aclarado que su «relación» no había sido más que un rumor que Noah había propagado para vengarse por el artículo que ella había escrito describiendo sus travesuras?

La oleada de miedo que sentía cada vez que se imaginaba enfrentándose de nuevo a Noah no tenía nada que ver con el beso del día anterior, sino con el odio que sentía por él. Definitivamente, era demasiado engreído para su gusto.

Miró a Ed fijamente. Era su jefe, pero seguramente se daría cuenta de que esa rueda de prensa no era la misión más adecuada para una periodista de sociedad.

Ed se rascó la cabeza por segunda vez desde que se había acercado a la mesa de Kayla.

–Escucha, creí que estabas preparada para cubrir noticias importantes.

–¡Y lo estoy! –aseguró consternada. Se había hecho periodista con la intención de informar de las noticias de economía, no de la última moda en los bailes de sociedad.

–Pues aquí tienes una oportunidad de demostrarlo –dijo Ed–. Iba a mandar a Rob, pero está cubriendo un acontecimiento de última hora y los demás están a tope de trabajo.

–Lo sé, pero Noah Whittaker me odia. No va a darme opción a preguntar –su oportunidad de cubrir una noticia importante no debería haber llegado así.

–Bueno, cuando llegues allí, sé amable con Noah; arregla las cosas con él y todo irá bien.

Kayla deseó ver las cosas tan sencillas como su jefe, pero lo cierto era que le parecía más probable acabar pegando a Noah con el bolso a modo de protesta por la foto que ilustraba aquel día el artículo de Sybil LaBreck en la que aparecían ellos dos besándose junto al edificio del *Sentinel*.

–Y, si no consigues hacer ninguna pregunta, al menos asegúrate de traer una copia del comunicado de prensa que van a entregar –le sugirió Ed, apiadándose de ella–. Eso te dará información suficiente para escribir el artículo sobre lo que anuncien en la conferencia.

Notó cómo sus hombros se encorvaban.

–Muy bien.

–Jones –dijo Ed con dureza–, he intentado guiarte desde el día que llegaste al periódico. Tienes ambición de sobra, ahora sal ahí fuera y aprovéchala.

Debería haberse sentido agradecida por los ánimos de Ed, pero se sentía completamente bloqueada; lo único que pudo hacer fue sonreír débilmente.

–Gracias, Ed.

–Y –continuó diciendo–, si te interesa hacerte

hueco en la sección de negocios, Noah Whittaker es la persona perfecta con la que empezar.

–¿Por qué?

Ed se encogió de hombros.

–Hace tiempo que se oyen rumores sobre una empresa situada en las Islas Caimán relacionada con Noah Whittaker. Puede que no tengan ningún fundamento, pero nunca se sabe. Si es cierto, sería un bombazo porque Whittaker tiene una reputación impecable en el mundo de los negocios –añadió enfáticamente–. Una historia así prácticamente te garantizaría el puesto que quisieras.

No era necesario preguntar a qué tipo de historia se refería. Kayla sabía que muchas compañías situadas en paraísos fiscales como las Islas Caimán no eran más que refugios para los ricos. Otras, sin embargo, proporcionaban una tapadera perfecta para el blanqueo de dinero y otros negocios turbios.

¿Qué motivos podría tener alguien como Noah para meterse en algo así? Tenía todo el dinero que pudiera necesitar... Claro que el padre biológico de Kayla, sin ir más lejos, era el ejemplo perfecto para demostrar que la codicia no tenía límites.

–Gracias por el consejo –dijo en voz alta.

Ed asintió.

–Será mejor que te vayas –añadió señalando al reloj de la pared.

–Sí –respondió ella con todo el entusiasmo que pudo.

Además, qué otra opción tenía. Las cosas que tenía que hacer para pagar las facturas. A diferencia de las mujeres con las que salía Noah, o de las que habían sido sus compañeras en el prestigioso instituto donde había estudiado, ella no tenía ningún fondo fiduciario que la respaldara ni parientes importantes que la sacaran de apuros. No, ella había entrado en el mundo del periodismo desde lo más bajo; nada más acabar la universidad, había aceptado aquel puesto en el *Sentinel* sin importarle que fuera en la sección de estilo porque era el mejor sueldo de entre las pocas ofertas de empleo que había recibido.

Al principio había tenido que dedicarse a investigar y contrastar datos para otros, hasta que, poco a poco, había conseguido empezar a firmar algunos artículos. Había escrito de todo, desde desfiles de moda hasta inauguraciones de museos; todo ello cuando no tenía que hacer de recadera para Leslie, la anterior encargada de la columna de sociedad.

Pero entonces Leslie había escapado con su amante, un millonario cincuentón, divorciado tres veces que había abandonado a su tercera esposa para llevarse a Leslie a París. Así había sido como Kayla se había convertido en la señorita Según los Rumores. Aquel día, la habían hecho acudir al despacho del director, que olía a los puros que a Ed le gustaba fumar en privado.

–Jones –le había dicho O'Neill–, ha llegado tu turno. Necesitamos a alguien con urgencia y tú eres la persona ideal... una mujer con estilo y la formación necesaria. Podrás hablar de tus ex compañeras de instituto en las páginas de cotilleo.

Y eso había hecho. Se había lanzado a sustituir a Leslie, y eso que la subida de sueldo con la que Ed la había tentado no había sido ninguna maravilla. Pero para ella había sido suficiente.

Bien era cierto que aquél no era el puesto con el que ella había soñado, pero al menos había logrado tener su propia columna antes de cumplir los veinticinco años y había podido dejar de preocuparse por cómo pagar el alquiler. Ya habría tiempo, se había asegurado a sí misma, para hacerse un hueco en la sección de negocios.

Desde entonces habían pasado tres años. Había hecho su trabajo, y lo había hecho bien. Tan bien, que nadie parecía querer que abandonara la página de sociedad. Pero, a pesar del aparente glamour de su misión, últimamente había empezado a sentirse inquieta. Una mujer no podía seguir comiendo canapés indefinidamente sin acabar vomitando sobre los zapatos Manolo Blahnik de Buffy la Caza Hombres.

Ése era el motivo por el que había solicitado encargarse de alguna noticia importante. Porque Ed tenía razón, Kayla era muy ambiciosa y se negaba a pasar el resto de sus días hablando de los ricos y famosos. Había decidido visitar otros lugares.

Desgraciadamente, ese día le tocaba visitar el cuartel general de Noah Whittaker.

–Bueno, es interesante ver cómo cambian las cosas.

Desde el otro extremo de la mesa de reuniones, Noah lanzó a Allison una mirada malhumorada. Acababa de explicarle que su reciente mala prensa era totalmente injustificada.

–Sé que todo esto te resulta muy divertido, pero intenta contener la euforia.

Allison se echó a reír.

–Vamos, hermanito, no me digas que tú no le ves el lado cómico. Antes las mujeres te perseguían como a una ganga y, sin embargo ahora, pareces un par de zapatos de la temporada pasada; todavía se pueden poner, pero uno no puede evitar preguntarse por qué los compró.

Quentin y Matt se unieron a las risas y Noah resopló exasperado.

No era común que la familia de Noah se reuniera, pero las juntas directivas de Whittaker Enterprises les daban la oportunidad de hacerlo de vez en cuando, haciendo una especie de paréntesis en sus agitadas vidas.

Noah miró a su alrededor y pensó que formaban un grupo estupendo y, aunque sus hermanos y él podían burlarse los unos de los otros sin piedad, estaban unidos por un vínculo irrompible.

En la cabecera de la mesa se encontraba su padre, James, que, a pesar de estar retirado, seguía presidiendo las juntas de dirección. Su madre, Ava, de quien Matt y Allison habían heredado el pelo castaño y los ojos azules, era una opinión muy respetada en la familia. Matt, dos años mayor que Noah, era también vicepresidente de Whittaker, aunque al mismo tiempo había desarrollado sus propios proyectos. Allison había seguido los pasos de su madre en el mundo de la abogacía y era ahora ayudante del fiscal del distrito de Boston. Quentin, el mayor de los cuatro, era director general de Whittaker Enterprises.

Faltaban la esposa de Quentin, Liz, que estaba en casa con su bebé, Nicholas, y Connor Rafferty, con el que Allison se había casado hacía un mes y que dirigía su propia empresa de seguridad.

Dada la afición a las bromas que sentía su familia, Noah sabía que no debería haberse sorprendido de que, una vez acabada la reunión y mientras esperaban que llegara la hora de la rueda de prensa, la conversación girara en torno a las noticias que habían aparecido sobre él en los periódicos en los últimos días.

Gracias a Kayla, en sólo dos semanas, lo habían tachado de donjuán por aparecer en público con Eve, de traidor por la escena con Cecily y, para cerrar el círculo, lo habían pillado discutiendo con la mismísima señorita de *Según los Rumores*.

No pudo evitar preguntarse si Kayla habría visto

la columna de Sybil LaBreck. Sí, seguramente sí. El titular afirmaba: *¡Kayla y Noah se reconcilian con un beso!*

Afortunadamente, Eve se encontraba en Europa trabajando y lo más probable era que ignorara por completo los rumores que relacionaban a su ex con la periodista. De otro modo, seguramente tendría que enfrentarse a la ira de otra fémina.

En cualquier caso, se sentía satisfecho de que la columna de Sybil hubiera sacado a Kayla de sus casillas. Después de todo, él tenía que enfrentarse a las burlas de su familia.

—Personalmente —continuó hablando Allison—, a mí me encantaría felicitar a Kayla Jones —aseguró mirando a Quentin y a Matt en busca de apoyo—. A diferencia de esas insulsas vampiresas con las que sueles salir, es lo bastante lista para no dejarse encandilar por tus encantos.

Noah se quedó boquiabierto al oír la manera en la que su hermana definía a sus acompañantes habituales, mientras sus hermanos no podían contener las risas.

—Estupendo —protestó frunciendo el ceño—. Le diré a Connor que no se preocupe por tu futuro profesional. Si alguna vez te cansas de la fiscalía, podrás ganarte la vida como periodista de cotilleos. ¿Es que la lealtad familiar no significa nada para ti?

—No desde que intentaste emparejarme con Connor —respondió Allison dulcemente—. ¿Cómo se lo dijiste a él? —fingió tratar de recordar durante unos segundos antes de chasquear los dedos—. Ah, sí. Creo que tus palabras fueron «¿Por qué no nos ayudas y nos la quitas de encima?»

Noah gruñó.

—Quizá no debería haberle dicho eso, pero es

que estaba seguro de que Connor y tú debías estar juntos. Esto es diferente.

Entonces fue Matt el que intervino:

—Lo cierto es que Kayla Jones parece haberte calado, cosa que no han conseguido... ¿cómo las llama ella? Huffy, Fluffy ni Buffy. Y, además, hay que admitir que tu querida periodista es un bombón.

Noah intentó dominar el deseo de borrar el gesto de satisfacción del rostro de su hermano. Quizá Kayla fuera un bombón, pero también era un peligro y, desde luego, no era «su querida» periodista.

—Sí. Y también es una maestra inventora de cuentos chinos.

Desde la cabecera de la mesa, su padre se aclaró la garganta antes de participar en la conversación:

—La cuestión es que hay un problema que debes solucionar. Por mucho que todo sea mentira, lo cierto es que esos titulares no son nada buenos para la imagen pública de la empresa ni la tuya propia.

Quentin asintió.

—Papá tiene razón. Aunque preferiría creer que no es así, hay mucha gente que cree todo lo que lee en los periódicos y, hasta los que no lo crean, se preguntarán si no estás dedicando más tiempo a tu vida social que al trabajo.

Noah dirigió la vista hacia su madre, que lo miraba con ternura, pero con un ligero gesto de reproche.

—Sé que te educamos para que respetaras a las mujeres, Noah, por lo que no tengo la menor duda de que todos esos titulares no son más que mentiras. Sin embargo, querido, me temo que tengo que darles la razón a tu padre y a tu hermano. Debes solucionar todo esto. Tienes que asegurarte de no aparecer en más titulares de ese tipo y quizá deberías hacer algo para limpiar un poco tu imagen.

Noah sabía que tenían razón. Su filosofía de trabajo y diversión le había funcionado durante mucho tiempo, pero entonces había aparecido la señorita Según los Rumores.

Tenía que encargarse de ella y de los problemas que le había provocado.

¿Qué estaba haciendo ella allí?

Noah la miró sin dar crédito a lo que veía; allí estaba sentada al fondo de la sala de prensa junto al resto de reporteros, fotógrafos y cámaras de televisión, esperando que comenzara la conferencia.

Como si pudiera pasar desapercibida.

Aunque no hubiera tenido ese pelo rubio y esa figura que atraía las miradas de todos los hombres heterosexuales de la sala, llevaba un atuendo que habría llamado la atención por sí solo. El suéter rosa pálido se ajustaba a sus pechos como un guante y la falda de rayas dejaba ver aquellas larguísimas piernas que terminaban en unos impresionantes zapatos de tacón.

Muy a su pesar, el recuerdo del beso que habían compartido se apoderó de la mente de Noah. Sus labios eran tan suaves, tan carnosos. Pero bueno, ¿qué importaba que aquella mujer supiera besar apasionadamente?

Frunció el ceño. Lo último que debía hacer en aquel momento era pensar en aquel beso. La rueda de prensa estaba a punto de comenzar y era en eso en lo que debía concentrarse. Esa misma mañana había decidido que se encargaría de ella, pero no había previsto que tendría que enfrentarse a ella allí mismo, rodeado por gran parte de los periodistas de Boston. Dios.

En cualquier caso, lo que querría saber era qué demonios estaba haciendo ella allí. Que él supiera, los periodistas de cotilleos no se ocupaban de las noticias de negocios.

En cuanto el reloj de la sala dio las once, Noah se acercó al atril y se dispuso a anunciar la adquisición por parte de Whittaker Enterprises de Avanti Technologies, una pequeña empresa dedicada a la alta tecnología informática. A él le correspondía hacer el anuncio porque la informática era su especialidad dentro de la empresa, pero después su hermano Quentin y él, acompañados por el director de Avanti, atenderían las preguntas de los periodistas.

Después de un par de bromas con las que trató de romper el hielo, Noah prosiguió con el orden establecido en sus notas y, durante todo ese tiempo, se dio cuenta de que Kayla mantenía la mirada fija en algún punto por encima de su hombro izquierdo. Era evidente que se sentía incómoda. Volvió a preguntarse qué la había llevado hasta allí y decidió que, en cuanto terminara la conferencia, lo averiguaría.

Concentrado de nuevo en los reporteros, concluyó informándoles que los comunicados de prensa se encontraban en la mesa que había al fondo de la sala.

Llegó el momento de atender las preguntas junto a Quentin y el director de Avanti. Un periodista con vaqueros se puso en pie para hablar:

–Las acciones de Whittaker Computing han bajado bastante últimamente. ¿Cree que es una reacción a los artículos que sobre usted han aparecido en la prensa en los últimos días?

Todos los músculos de Noah se pusieron en

tensión. Whittaker Computing era una de las empresas que formaban Whittaker Enterprises y parte de sus acciones eran públicas. Había multitud de razones por las que las acciones de dicha empresa habían bajado recientemente, cosa que sabría si estuviera mínimamente al corriente del funcionamiento del mercado; pero era obvio que aquel reportero trataba de provocarlo.

Noah esbozó una sonrisa antes de contestar con total tranquilidad:

—El mercado de valores tiene mejores cosas que hacer que seguir los falsos rumores que se escriben sobre mí.

Kayla se hundió aún más en la silla. Parecía que su incomodidad aumentaba, y eso alegraba a Noah.

Se dispuso a atender a otro periodista, pero el reportero de los vaqueros insistió, seguramente era un novato empeñado en dejar huella.

—¿Y no cree que pueda dar la impresión de que no se lleva bien con las mujeres? Se especula que eso podría afectar a su disposición a la hora de contratar mujeres para Whittaker.

Noah apretó los lados del atril. Le habría encantado poder darle una bofetada a ese entrometido.

—Creo que es más bien que ciertas mujeres no se llevan bien conmigo.

La respuesta le hizo ganarse la carcajada de los asistentes, pero él siguió mirando al periodista hasta obligarlo a apartar los ojos.

—Whittaker Enterprises hace gala de una política de total igualdad a la hora de contratar a sus empleados; por lo que valoramos y apreciamos a las trabajadoras sin ningún tipo de prejuicio. De hecho, nos enorgullece que una importante revista de Boston nos haya considerado uno de los mejores centros de trabajo para mujeres. El servicio de guardería y la flexibilidad de nuestros horarios son un modelo para otras empresas. Ninguna mujer que trabaje conmigo en Whittaker podrá decirle otra cosa.

Por fin, dispuesto en poner fin a la curiosidad del periodista, se dirigió a otro punto de la sala.

–Más preguntas.

Quince minutos después, la rueda de prensa había terminado y Noah no tardó en localizar a Kayla intentando escabullirse de la sala.

–Tenemos que hablar –anunció, agarrándola del brazo. Ella levantó la mirada y lo miró con gesto culpable–. ¿Qué? ¿Intentabas huir?

–Creo que ya nos hemos dicho todo lo que teníamos que decirnos –dijo con una frialdad que podría haber congelado a los pingüinos.

–Ni mucho menos, Barbie –respondió él, fijándose en su cabello rubio y en el suéter rosa.

Pero ella apartó el brazo de su alcance.

–No pienso ir a ningún lado contigo. Puede que yo sea Barbie, pero desde luego tú no eres Ken; tú eres un tipo al que le gusta cambiar de mujer como de ropa. Barbie y Ken llevan unidos en una relación comprometida y monógama más de cuarenta años.

Dios, se estaba volviendo loca. Acababa de compararlo con un muñeco de plástico.

Noah volvió a preguntarse por qué la encontraba tan increíblemente atractiva. Estaba enfermo. Completamente enfermo.

–Por muy desagradable que nos resulte a ambos, tenemos que hablar y sugiero que lo hagamos en privado... a menos que quieras que continúen criticándonos públicamente –volvió a agarrarla del brazo.

Ella miró a su alrededor.

–Si sigues, gritaré.

No había nadie en el vestíbulo aparte de ellos dos; todo el mundo seguía en la sala de prensa. Sin embargo, Noah estaba seguro de que Kayla se haría oír.

–Yo te recomendaría que no lo hicieras –dijo secamente–. A menos que quieras ver nuestros nombres en otro titular, cosa que dudo mucho.

Kayla abrió la boca.

–Piénsalo bien –insistió enérgicamente–. Nuestros nombres unidos en tinta una vez más. Para siempre.

Capítulo Tres

Ya en el despacho de Noah, Kayla no podía quitarse del cuerpo la sensación de que aquello no era buena idea. Nada buena. No deberían hablar el uno con el otro, ni siquiera deberían estar en la misma habitación.

Noah la invitó a sentarse.

—No, gracias —respondió ella.

—Como quieras —él se apoyó en la mesa y cruzó los brazos sobre el pecho.

Kayla miró a su alrededor; todo el despacho era negro, cromo y cristal, dos enormes ventanales ofrecían una impresionante vista de las colinas cercanas. El pequeño cubículo en el que ella trabajaba habría cabido en el espacio que había tras aquella mesa.

Aunque le pesara, tenía que admitir que, fuese como fuese, lo cierto era que Noah parecía tener un enorme éxito.

—¿Qué demonios estás haciendo aquí? —le preguntó de pronto, obligándola a concentrarse en él.

—He venido a sustituir a un reportero —explicó, consciente del escrutinio al que la estaba sometiendo. De pronto tenía la sensación de que la falda que llevaba era demasiado corta, el suéter demasiado ajustado y los tacones demasiado altos. Maldito fuera aquel hombre.

Noah enarcó una ceja.

–¿Desde cuándo los columnistas de cotilleos se encargan de sustituir a los periodistas de negocios?

A punto estuvo de decirle que no era asunto suyo, pero entonces recordó que estaba frente una magnífica oportunidad de hacer todas las preguntas que deseara sobre la adquisición de Avanti. Para ello sólo tenía que comportarse con un poco de amabilidad.

–Llevo algún tiempo tratando de cubrir las noticias de economía para el *Sentinel* –se limitó a responder.

–¿Quieres escribir algo que no sean salaces rumores? –preguntó ostensiblemente sorprendido.

Tenía que controlar sus nervios.

–Será mejor que no hablemos de eso, ¿no te parece? Creo que ya te he explicado que me limito a hacer mi trabajo lo mejor que puedo, pero ahora me gustaría empezar a hacer eso para lo que estudié periodismo.

–¿Y qué es?

–Informar sobre negocios y economía –dijo escuetamente–. ¿Vas a decirme ya de qué querías que hablásemos?

Noah la observó durante unos segundos, sus ojos verdes totalmente inescrutables.

–Quiero que acordemos un alto el fuego –respondió por fin.

–¿Qué? –esa vez era ella la sorprendida.

–Ya me has oído.

–Claro. Ahora que te has vengado, quieres una tregua. Después de todo, Sybil LaBreck ha anunciado a los cuatro vientos que nos hemos reconciliado.

–Sí, pero lo cierto es que tú has puesto tu granito de arena.

Kayla lo miró algo molesta. ¿Cómo se atrevía a

estar ahí, tan sexy y tan increíblemente guapo, provocando en ella una reacción nada deseada pero perfectamente natural? Siguió mirándolo mientras cruzaba los brazos sobre el pecho.

—Sé que voy a arrepentirme de preguntártelo pero, ¿cómo he puesto yo mi granito de arena?

—Ayer avisé a ese fotógrafo del *Boston World* para que me fotografiara saliendo del *Sentinel* con aspecto arrepentido después de intentar arreglar las cosas contigo.

—Debería haber imaginado que ese tipo no podía estar allí por casualidad.

—Lo que yo no esperaba era que insistieras en acompañarme hasta la calle...

—Y así te ofrecí a ti y al fotógrafo una imagen mucho mejor de la que esperabais —completó ella la frase.

—Bueno, ¿entonces estás dispuesta a firmar una tregua?

—¿Qué clase de tregua? —preguntó desconfiada.

Él se encogió de hombros con total despreocupación y se levantó del escritorio, obligándola a ponerse muy recta para no dejarse intimidar por su más de metro ochenta de altura. Pero no era sólo su estatura lo que la hacía sentirse en desventaja, era la fuerza que desprendía su simple presencia.

—Podríamos ayudarnos mutuamente.

—Ah, ¿sí? —prefirió seguir enfrentándose a él dialécticamente y no pararse a pensar que estaba sola con él en su despacho—. No sé qué clase de ayuda podrías prestarme aparte de dejar de sabotearme.

—¿Sabotearte? ¿No te parece que eso es demasiado fuerte?

—No si es eso exactamente lo que has estado haciendo —cuando se ponía amable resultaba aún más peligroso que cuando se enfadaba. Prefirió no pensar tampoco en eso.

—Acabas de decirme que quieres dedicarte a las noticias de negocios.

—¿Y? —se preguntaba adónde quería llegar.

—Yo podría darte una historia que te ayudaría a conseguir lo que quieres.

—¿Qué historia?

—Una exclusiva sobre Whittaker Enterprises, te garantizaría el acceso a la empresa sin restricciones.

—¿A cambio de qué?

—De que me ayudes a arreglar mi imagen pública.

—Eso es imposible.

Noah se echó a reír al oír su rápida respuesta.

—Me halagas, aunque es un extraño cumplido.

—De cualquier modo, creo que sobreestimas mi poder sobre la opinión pública.

—No lo creo. Tú estropeaste mi reputación, así que también podrás arreglarla.

—¿Cómo?

—Dejándote ver conmigo fingiendo que nos llevamos bien.

—No soy tan buena actriz —replicó.

—Haz lo que puedas. Tampoco quiero una actuación magistral.

Era una idea ridícula, atroz. Entonces, ¿por qué se sentía tentada a aceptar? Porque le ofrecía un señuelo irresistible. Maldito fuera. Kayla haría cualquier cosa para entrar en la sección de negocios del periódico.

—¿Y bien?

—No puedo. No me lo permite mi ética como periodista. No sé si sabrás lo que es eso.

—¿No te parece que es un poco tarde para empezar a preocuparte por eso? —se burló Noah.

–Dile eso a mi jefe cuando me despida –replicó ella sin dejarse intimidar.

Volvió a encogerse de hombros.

–¿Y qué podrías hacer que no fuera contra su ética?

–Nada que huela tanto a que intentas comprarme.

–Te he dicho que tendrías libre acceso a Whittaker Enterprises. Podrías hablar con nuestros empleados, incluso yo hablaría contigo. Podrías seguirme y ver el día a día de mi trabajo. Yo no pondré impedimento alguno si quieres escribir algo desfavorable sobre mí; lo único que te pediría es que se tratara de algo equilibrado.

Kayla siguió mirándolo sin estar convencida.

–Está bien –dijo él después de un suspiro–. No tienes que fingir llevarte bien conmigo; si eso te provoca problemas de conciencia, actúa con naturalidad.

–Gracias.

–Y en cuanto a tu columna, el trabajo en Whittaker Enterprises será la excusa perfecta. Sólo tendrás que decirle a Ed que no puedes escribir sobre mí en *Según los Rumores* mientras estés realizando una investigación exhaustiva de mi empresa porque quieres evitar conflictos. Y, si eso lo preocupa, sugiérele que te busque un sustituto temporal; así, cuando te trasladen a la sección de negocios, ya tendrá a alguien que siga escribiendo tu columna.

El plan parecía muy razonable... y muy atrayente. Pero seguía habiendo un problema.

–¿Y qué hay de Sybil?

Noah no se inmutó siquiera.

–¿Qué pasa con ella? La llamaré y le explicaré que nuestra relación nunca existió. Además, en cuanto se corra la voz de que estás escribiendo un artículo sobre Whittaker Enterprises, desaparecerá el rumor de que hay algo entre nosotros.

La idea de que Sybil se olvidara de ella durante un tiempo no hacía más que añadir atractivos al plan. Kayla se mordió el labio antes de hablar.

–¿Y tú qué ganas con todo esto?

–Para empezar, doy por hecho que tu sustituto no sentirá tanto interés en mi vida social como tú –comenzó a decir con gestó burlón–. Y por otra parte, gracias a ti, me he quedado sin modelos y actrices; así que no habrá nada emocionante de qué escribir.

–Puede ser –se negaba a admitir que tenía razón.

–Pero lo más importante es que, una vez que consigas dejar la sección de cotilleos del *Sentinel*, me habré librado de ti para siempre... o al menos del efecto que tienes sobre mi vida social. Y, como extra, alguien escribirá un artículo detallado y objetivo sobre Whittaker Enterprises –terminó triunfalmente–. Tienes que reconocer que es un plan perfecto.

–¿Cuáles serían las condiciones? –preguntó ella después de un largo silencio durante el que deseó no tener que arrepentirse de nada.

Nada más hablar, pudo ver la satisfacción reflejada en su mirada.

–¿Las condiciones?

–Sí. Tengo que estar segura de que cumplirás tu palabra de darme libre acceso a la información de la empresa –ahora que había aceptado la propuesta, no iba a descuidar los detalles.

–Eres muy desconfiada, ¿verdad?

–Debería haber un límite de tiempo –continuó ella con firmeza.

–Hazme una oferta.

Lo observó unos segundos. Sin duda era un negociador muy astuto; no en vano había ideado la absorción de una de las más importantes empresas de Boston.

–Dos semanas.

Él negó con la cabeza.

–Seis.

–Tres –casi un mes era más que suficiente.

–Cinco –dijo él–. Estas cosas llevan su tiempo.

–Lleguemos a un término medio. Cuatro semanas. No creo que tardemos tanto en reparar el daño.

–Es un placer hacer negocios contigo –se acercó a ella, tendiéndole la mano.

Primero el alivio y luego el pánico se apoderaron de Kayla. ¿Qué acababa de hacer? Le estrechó la mano e, inmediatamente, notó una fuerte sensación.

A juzgar por la expresión de su rostro, él también lo notó.

Se disponía a soltar su mano cuando él tiró de ella. Le levantó la barbilla con la mano que le quedaba libre. Kayla tuvo el tiempo de cerrar los ojos antes de sentir sus labios sobre la boca.

El beso no duró más que un instante, pero fue tiempo suficiente para sentirse arrastrada por algo poderoso e inquietante. Noah se apartó de ella y la miró fijamente a los ojos, los de él era inescrutables.

–Sólo quería comprobar algo –murmuró.

–¿El qué? –le preguntó ella con los ojos abiertos de par en par.

Él sonrió con malicia.

–Que no tienes que preocuparte de que tu capacidad interpretativa esté a la altura de las circunstancias –diciendo eso, se echó a reír–. Lo sé, lo sé. Soy diabólico.

Kayla agradeció que no pudiera leer su mente

porque, aunque debía de haber estado pensando que era diabólico, en realidad lo único que le vino a la cabeza fue «delicioso».

«¿Cómo se viste una para cenar con dos monstruos de los negocios?» se preguntó Kayla.

Al día siguiente de la rueda de prensa, Noah la había llamado para anunciarle que, si iba a seguirlo para poder escribir el artículo, debía asistir a la cena de negocios que tenía el viernes con dos peces gordos de la Costa Oeste. También le había dicho que había llamado a Sybil para confesar que su aventura no había sido más que un invento para vengarse de Kayla. Lo más curioso era que Sybil no se había creído que no existiera dicha relación; aunque el titular de su siguiente artículo fue: *Noah niega cualquier tipo de relación con la señorita* Según los Rumores, lo cual era mejor que nada. En unos días, todo el mundo se habría olvidado de ellos dos.

Lo mejor de los últimos días había sido que no le había costado ningún trabajo convencer a Ed de que hiciera lo que Noah había sugerido. De hecho su jefe se había alegrado mucho de que Noah hubiese accedido a dejar que una de sus periodistas escribiera un artículo de fondo sobre Whittaker Enterprises. Y, lo más importante, también había accedido a asignarle una sustituta, Judy Donaldson, para que escribiera su columna; incluyendo cualquier noticia que mereciera la pena sobre Noah Whittaker.

Así que, por el momento, todo iba según los planes. Sólo tenía que decidir qué ponerse esa noche.

Recordó que Noah le había aconsejado que no se arreglara demasiado porque, aunque se trataba de una cena de negocios, para los nuevos empresarios de menos de treinta y cinco años surgidos del auge de la industria tecnológica, sobre todo de Silicon Valley, el concepto de cena de negocios era algo muy diferente.

Kayla sabía que era cierto pues ella misma había vivido la revolución del atuendo informal que había acudido a las oficinas de todos los Estados Unidos durante los últimos diez años. Pero, como columnista de sociedad, sabía que de ella se esperaba un estilo más sofisticado. Y, puesto que no tenía ninguna herencia, ni siquiera un sueldo que le facilitaran las cosas, dedicaba mucho tiempo a buscar gangas en las tiendas más exclusivas de la ciudad.

Todo ello hacía que se sintiera completamente perdida a la hora de elegir indumentaria para tal ocasión. Siguió examinando el ropero cada vez más desesperada. «¡No tengo nada que ponerme!», exclamó con frustración.

El sonido del teléfono supuso un alivio pues la distraía un poco de la difícil misión, aunque sabía que sólo le quedaba una hora antes de que Noah pasase a buscarla.

–¿Sí? –respondió ausente.

–Pareces tan alegre como de costumbre.

–¿Samantha?

A pesar de los siete años de diferencia, Kayla y su hermana estaban muy unidas; quizá porque no tenían más hermanos. Técnicamente eran hermanastras, pero Kayla jamás la había visto como tal. Cuando Kayla tenía cinco años, su madre había vuelto a casarse con Greg Jones, que la había adoptado. Ella se había sentido muy feliz de tener un padre y aún más cuando, dos años más tarde, había nacido su hermanita. Desde el principio, Samantha había seguido sus pasos; hasta acabar estudiando en la misma universidad que ella.

–¿Ocurre algo? –preguntó alarmada y olvidando por completo el problema de la ropa.

–Relájate. Pareces mamá. ¿No se te ha ocurrido que puedo llamar sólo para saludar?

–No si tienes veinte años, estás en la universidad y llamas un viernes por la noche –respondió Kayla.

–Bienvenida a mi aburrida vida. Espero que las cosas cambien pronto –dijo su hermana con cierta frustración–. ¿Por qué no me sorprende que tú estés en casa?

–En realidad, tengo que marcharme en menos de una hora.

–¡No me digas! ¿Tienes una cita? –preguntó Samantha entusiasmada.

–No.

–Vamos, cuéntamelo. ¿Quién es él?

Kayla titubeó unos segundos antes de resignarse a aceptar lo inevitable.

–Noah Whittaker.

Se hizo el silencio al otro lado de la línea.

–¿Samantha?

–Me he quedado sin habla.

–Eso sería un milagro.

–Noah Whittaker es un auténtico bombón –declaró su hermana en tono soñador–. Has debido recuperar el sentido común si es que por fin has decidido salir con hombres guapos. Pero me sorprende que hayas elegido a Noah. Últimamente lo has torturado mucho en tu columna.

Con la mirada fija en el reloj, Kayla puso a su hermana al día de todo lo sucedido con Noah y acabó con lo que realmente la preocupaba:

–¿Qué me pongo?

–¿Eso es todo lo que se te ocurre? –dijo Samantha con una carcajada.

–¿Qué quieres que te diga?

–Pues que estás ante una oportunidad por la que muchas mujeres matarían. No todos los días se sale a cenar con un millonario guapísimo. También podrías preguntarme cómo podrías conseguir que Noah Whittaker te llevara a su apartamento.

–¿Qué te parece si te digo que bajes de las nubes? –replicó Kayla–. Sólo es una cena de negocios, nada más.

–Vamos, Kayla. ¡Disfruta un poco de la vida! Quién sabe en qué acabará todo esto una vez tengas tu artículo. Por una vez, compórtate como el resto de los pecadores.

–Viniendo de mi hermana pequeña, eso suena un tanto inquietante –respondió Kayla con fingida severidad–. Para que lo sepas, Noah Whittaker no se conforma con ser un pecador más, le gusta codearse con el mismísimo diablo.

–Bueno, hermana, haz lo que quieras –se rindió Samantha exasperada–. Veamos... ¡ya lo tengo! ¿Qué te parece la camisola que te compraste en las rebajas de Filete? Es muy sexy.

–Demasiado sexy –matizó Kayla, acordándose de los diminutos tirantes y el escote de encaje–. Sería prácticamente como salir en ropa interior.

–Exacto.

Volvió a mirar la hora. Empezaba a desesperarse. Si se ponía la camisola con unos pantalones negros, tacones altos y un chal, estaría arreglada pero informal, sexy pero sofisticada. Se mordió el labio inferior.

–Vamos, Kayla –la animó Samantha, percibiendo sus dudas.

–Todavía no me has dicho para qué me has llamado –cambió de tema, todavía incapaz de dejarse convencer.

Su hermana se echó a reír.

–No me he quedado embarazada, ni sin casa. Eso es lo importante y, de verdad, a veces sólo llamo para charlar contigo. Te llamaré mañana para que me cuentes qué tal te ha ido la cita y así te podré hablar de mi emocionante noche del sábado, viendo películas antiguas en la residencia universitaria. Ahora, ¡lárgate!

Media hora después, Kayla abrió la puerta de su casa ataviada con pantalones negros, camisola de seda azul ribeteada con encaje marrón y sandalias de tacón que le dejaban los dedos de los pies a la vista. Se había puesto sólo un ligero toque de maquillaje y su pelo rubio y liso le caía sobre los hombros. El reloj de pulsera y los pendientes eran los únicos adornos que llevaba.

Noah abrió los ojos de par en par al verla, sin poder evitar recorrer su cuerpo de arriba abajo. Parecía dispuesto a devorarla allí mismo, lo cual provocó un escalofrío en Kayla. Estaba increíblemente atractivo con su americana negra, una camiseta gris oscuro y pantalones vaqueros que se le ajustaban a las caderas.

–Estás estupenda.

Kayla bajó la mirada, satisfecha de su aprobación.

–No sabía muy bien qué habías querido decir con lo de que era una noche informal.

–Me refería a esto –dijo señalándose la camiseta, en la que se podía leer *Juega bien con los demás*–. Esta gente valora el inconformismo por encima de la aceptación social. Es neofilia en su estado más puro –al ver su expresión de confusión, siguió explicándose–: La neofilia es el amor por lo nuevo.

–Vaya –murmuró frunciendo el ceño–. Entonces supongo que no he elegido bien mi atuendo.

–No, estás perfecta –aseguró con una sonrisa

44

en los labios–. A riesgo de parecer machista, te diré que esas teorías cambian si hablamos de mujeres porque hasta los locos de los ordenadores desean que se los vea con un bombón del brazo. Supongo que por la misma razón por la que en el instituto todos se obsesionaban con salir con la chica más popular.

–Pues sí que es machista –los dos se quedaron allí de pie sin decir nada. Por un momento Kayla pensó en invitarlo a entrar, pero enseguida decidió que era demasiado peligroso–: Yo estoy lista, así que cuando quieras...

Al pasar a su lado, se esforzó en no fijarse en la sonrisa que iluminaba su rostro, una sonrisa con la que parecía decirle: «¿lista para qué?» Afortunadamente, Noah resistió la tentación de dar voz a sus pensamientos.

–Bienvenida al Batmóvil –le dijo unos segundos después, abriéndole la puerta de su impresionante Jaguar negro.

Una vez dentro del coche, Kayla observó el lujoso interior y comentó:

–Sospecho que todo, desde los seguros de las puertas hasta la inclinación de los asientos, está controlado desde el asiento del conductor.

Noah encendió el motor antes de mirarla con una sonrisa malévola en los labios.

–No pienso incriminarme a mí mismo.

Capítulo Cuatro

Cuando llegaron al sofisticado restaurante japonés en el que iban a cenar, los esperaban los dos ejecutivos de Silicon Valley. Noah presentó a Kayla como una periodista que estaba acompañándolo para escribir un artículo en profundidad sobre Whittaker Enterprises.

Tim y Ben, que no parecían haber alcanzado ni los veinticinco años, habían estudiado juntos en el prestigioso Instituto Tecnológico de California. Ninguno de los dos llevaba las gafas típicas de los empollones, pero Tim llevaba una camiseta naranja con una americana roja oscuro y Ben se había puesto un imperdible en lugar de uno de los botones de la camisa.

Kayla no tardó en enterarse de que ambos habían estado trabajando ochenta horas a la semana en empresas de alta tecnología hasta que habían decidido montar su propio negocio, uno en el que seguirían trabajando como esclavos, pero donde al menos serían sus propios jefes.

Durante la cena, hablaron de diferentes temas relacionados con el mundo de la empresa y de los ordenadores. Pero, en contra de lo que Kayla habría deseado, nadie hizo ningún tipo de comentario sobre la clase de relación comercial que unía a Noah con Tim y Ben. Sin embargo, si aquella cena podía servir como indicativo, nada hacía sospechar que Noah tuviera motivos para realizar negocios fraudulentos en algún paraíso fiscal como las

Islas Caimán. Resultaba evidente que tenía suficientes ofertas de negocios legítimos.

Poco después la conversación derivó al trabajo que Kayla desempeñaba en el *Sentinel*. Ben y Tim parecían fascinados con la idea de que ella fuera la señorita Según los Rumores, a quien veían como un personaje lleno de glamour. A punto estuvo de echarse a reír. Kayla ganaba una milésima parte de la fortuna que debían hacer ellos con su empresa. Qué glamourosa les parecería su vida si viesen el diminuto apartamento en el que vivía y el coche que tenía desde el instituto.

Se dio cuenta de que Noah no dijo nada, ni siquiera una broma sobre su constante aparición en sus artículos... Hasta que Tim le preguntó cómo elegía las historias sobre las que escribir.

–Sí, Kayla –intervino Noah con voz afable–. Cuéntanos cómo eliges las historias.

Prefirió no mirarlo siquiera y mantener la atención en Tim y Ben, que parecían ignorar por completo que Noah era uno de sus objetivos preferidos.

–Intento escribir historias que la gente quiera leer –respondió encogiéndose de hombros–. Pero supongo que sí que intervienen mis gustos a la hora de elegir si me centro en políticos, famosos u otro tipo de personas.

–¿Y tú qué sueles elegir? –preguntó Ben.

–Busco historias divertidas; siempre resulta interesante reírse de los egos y las pretensiones de la gente.

A su lado, Noah resopló y cambió de postura y, al hacerlo, su pierna rozó la de Kayla, que se puso en tensión y tuvo que concentrarse en seguir mirando a Tim y a Ben.

–Aunque hay veces que no tengo que buscar, las historias vienen a mí.

–¿Y la gente quiere aparecer en tus artículos? –preguntó Tim, lleno de curiosidad.

–Te sorprendería. Hay una relación amor-odio entre los periodistas y los agentes de los famosos. A veces quieren un poco de publicidad para mantener a su cliente en el candelero. Pero si ese mismo famoso es descubierto en una situación que podría provocar un escándalo, el agente te llamará enseguida para suplicarte que no publiques la historia... Si no tienen manera de negar la verdad tajantemente.

–¡Es increíble! –exclamó Ben mientras Tim se reía encantado.

–¿Y cómo consigues descubrir los trapos sucios de los famosos? –preguntó Noah.

Kayla se volvió a mirarlo, en su rostro había una ligera expresión de descontento.

–Creo que eso no debería contártelo.

–Yo pensé que tu trabajo consistía en contar cosas que no deberían contarse –replicó él.

Podría haberle respondido algo igualmente ingenioso, pero se recordó a sí misma que debía tratar de llevarse bien con él. Al menos hasta que escribiera el artículo, después la tregua habría acabado. Así que sonrió a los dos jóvenes empresarios y continuó hablando:

–Cualquiera puede ser una buena fuente de información. Porteros, camareros, a veces los enemigos o los supuestos amigos de la persona te llaman para contarte algo y luego están, por supuesto, los confidentes anónimos.

–¿Alguna vez has descubierto un bombazo gracias a un confidente anónimo? –quiso saber Ben.

–Sí. La última historia fue la del director general de una cadena de grandes almacenes al borde de la quiebra...

–Ya me acuerdo de eso –comentó Noah.

Kayla asintió.

–Resulta que se había gastado cinco mil dólares

en un hidromasaje para su apartamento de lujo mientras la empresa y los accionistas se iban a pique.

–¡Vaya! ¿Y qué pasó? –siguió preguntando Ben.

–Ya no dirige la empresa –respondió Noah por ella–. Del mismo modo que, si Kayla se sale con la suya, yo dejaré de ser el playboy del hemisferio Norte.

Ambos jóvenes se quedaron mirándolos sin saber qué decir, aunque era evidente que los dos pensaron que había algo entre Noah y Kayla.

Después de la cena, se dirigieron a un Karaoke. Aunque no era muy aficionada a ese tipo de locales, Kayla no tardó en unirse a la diversión y aplaudir las actuaciones como los demás. La tenue luz del lugar y el pequeño tamaño de la mesa en la que estaban sentados hicieron que en todo momento fuera consciente de la proximidad de Noah, que se encontraba a su lado. Tan absorta estaba en la sensación que le provocaba el roce de su pierna, que se sobresaltó cuando Noah le habló.

–Bueno, ¿cuál va a ser?

–¿Qué? –preguntó ella sin entender.

–¿Qué canción vas a cantar? –aclaró señalando al pequeño escenario.

–No voy a cantar nada.

–Cobarde –se burló él con gesto provocador.

–No he vuelto a cantar desde que dejé el coro del instituto.

–¿Ni siquiera en la ducha?

–Eso no es en público.

–Lo que quiere decir que sí que cantas en la ducha –dedujo con una pícara sonrisa en los labios–. Es curioso. No pensé que fueras de las que cantan en la ducha.

–¿Y tú? –replicó ella.

–Yo hago muchas cosas en la ducha –dijo bajando el tono de voz y mirándola con malicia–. Cantar es sólo una de ellas.

–Lo importante es saber si hay alguna que hagas bien.

Noah echó la cabeza hacia atrás y soltó una sonora carcajada que atrajo la atención de Ben y Tim, que estaban sentados frente a ellos, más cerca del escenario.

Kayla sintió la risa de Noah hasta en los dedos de los pies. Era una risa profunda y seductora.

–Vamos –le dijo entonces–. Si tú subes, yo subo. Creo que deberíamos hacerlo, hasta Ben y Tim van a cantar.

Y lo cierto era que no lo hicieron nada mal. Kayla estaba anonadada, pero Noah se limitó a decir:

–Como ya te dije, lo que importa es la novedad. Además, el rap los ayuda a atraer mujeres.

Su turno llegó sólo unos minutos más tarde. Subió al escenario y solicitó una canción. Si lo importante era hacer algo nuevo, ella sabía cómo cumplir. En cuanto las primeras notas de la canción llenaron la sala, Kayla cerró los ojos unos segundos y trató de concentrarse. Por fin los abrió y comenzó a cantar *Come Away with Me* de Norah Jones, una canción lenta y romántica que se ajustaba al tono más bien grave de la voz de Kayla.

Al principio, evitó la mirada de Noah, pero cuando se encontró con sus ojos, lo hizo de un modo tan intenso que a punto estuvo de olvidar lo que estaba haciendo.

En ese momento, las sensaciones más extrañas se apoderaron de ella. Sintió la alegría de correr con el viento en el cabello y, al mismo tiempo, la languidez de estar tumbada en una hamaca al cálido sol de la tarde.

La letra de la canción hablaba de un paseo en

un día nublado y de un amor que duraría para siempre.

La mirada de Noah parecía vacilante y sin embargo su rostro parecía tallado en cemento. Fue entonces cuando la conciencia de su atractivo sexual la envolvió como una manta.

Cuando terminó, volvió a mirarlo unos segundos, entreteniéndose en observar sus ojos que la miraban con la misma intensidad, como si estuviera haciendo un esfuerzo por no salir al escenario, tomarla en brazos y llevársela de allí volando. Sólo con imaginarlo se le puso el vello de punta, pero enseguida se dijo a sí misma que no fuera ridícula. Devolvió el micrófono a su lugar y regresó a la mesa.

–Impresionante –murmuró Noah, poniéndose en pie para salir al escenario–. Deberías hacer algo más que cantar en la ducha.

–Gra... gracias.

Acababa de sentarse cuando escuchó la canción que había pedido Noah, una canción que reconoció de inmediato.

No era posible.

Sí, sí lo era.

Sintió una oleada de calor al escuchar cómo Noah comenzaba a entonar *Me and Mrs Jones* de Billy Paul. Tim y Ben se volvieron a mirarla con gesto divertido, pero ella no podía apartar los ojos de los de Noah.

Mientras él contaba con la canción que había algo entre él y la señorita Jones, aunque ambos sabían que estaba mal, Kayla intentó controlar el sofoco y la necesidad de darse aire con algo. Había cambiado la letra y, en lugar de decir la señora Jones, estaba diciendo la señorita Jones; Kayla corría peligro de derretirse allí mismo.

Miró a su alrededor y rezó porque no hubiera nadie allí que los conociera porque Noah estaba pidiendo a gritos aparecer en los titulares del periódico del día siguiente. Volvió a mirarlo; la expresión de su rostro era tan intensa y sensual como su voz.

«Ay, Dios».

Kayla no habría sabido decir cómo había conseguido sobrevivir durante toda la canción, sólo sabía que el martini la había ayudado bastante. Por fin terminó de cantar y se rompió el hechizo, aunque varias mujeres de la sala lo siguieron con la mirada hasta que volvió a sentarse.

Bueno, pensó Kayla con cierta tristeza, acababa de demostrar que había algo que hacía muy bien. No pudo evitar preguntarse qué otras cosas haría igual de bien.

Una cama. Eso fue lo primero en lo que pensó Noah. Después pensó que tenía que deshacerse de los dos genios de Silicon Valley.

Al acercarse a la mesa, se fijó en que Kayla parecía ruborizada y algo nerviosa. Parecía estar mirando a todos sitios excepto a él. Había tal tensión sexual entre ellos que casi le daba miedo tocarla. No le extrañaría acabar con ella en el cuarto de baño, arrancándose la ropa mutuamente.

Había elegido *Me and Mrs. Jones* pensando que se divertirían con la broma; pero mientras cantaba, la atmósfera había pasado de festiva a intensa y muy, muy sensual. Ni siquiera recordaba la última vez que había sentido una conexión tan rápida y tan fuerte con una mujer. Y eso lo confundía.

Una vez estuvo junto a la mesa, Ben le dijo a Tim:

—Y también sabe cantar.

—La camiseta, la imitación de Billy Paul... creo que vamos a tener que darnos por vencidos —respondió su amigo, torciendo el gesto.

Noah se fijó en que Kayla seguía sin decir nada antes de responder a los dos jóvenes empresarios.

–Chicos, si no pudiera ganaros en mi terreno, tendría que tirar la toalla –dijo mientras dejaba unos billetes sobre la mesa–. Como ya tenemos vencedor, creo que podemos irnos a casa.

Tim y Ben le dieron las gracias por invitarlos, momento que él aprovechó para mirar a Kayla de reojo.

–¿Estás bien?

Por fin lo miró directamente. En su rostro se reflejaron una buena cantidad de emociones que intentó controlar para poder sonreír con normalidad.

–Sí, estoy bien.

Noah la siguió hasta la puerta. Parte de él no dejaba de pensar que no podía esperar a librarse de Ben y Tim. Otra parte sin embargo le advertía de que no era buena idea quedarse a solas con Kayla. Se suponía que debía darle información para su artículo, no llevársela a la cama.

Afortunadamente, no tuvo que seguir debatiéndose entre ambas partes porque, cuando llegaron a la puerta, Tim se volvió a decirles algo:

–Malas noticias. El portero nos ha dicho que han visto un fotógrafo ahí fuera; están diciéndoselo a todo el mundo por si alguien cree que puede ser el objetivo de la prensa.

Noah maldijo entre dientes al tiempo que notaba cómo Kayla se ponía en tensión.

–¿Será algún amigo tuyo?

–No digas tonterías –respondió ella–. Además, si hay alguien aquí que tenga la costumbre de avisar a la prensa, eres tú. De todos modos, no sabemos si es a nosotros a quien espera. Hay muchos lugares de moda en esta calle; puede que simplemente esté por aquí por si hay suerte y pesca algo.

–Puede ser –murmuró Noah, sacándose del

bolsillo la llaves del coche–. Pero lo que importa es que está ahí y podría vernos salir juntos de aquí –fue entonces cuando vio el pánico reflejado en su rostro–. ¿Qué ocurre?

–¡No pueden fotografiarnos juntos! Todavía no, y desde luego no saliendo de un bar y metiéndonos en un coche. Es demasiado pronto, sólo hace unos días que Sybil publicó la noticia de que tú habías negado que hubiera ningún tipo de relación entre nosotros. Esto lo estropearía todo.

–Bienvenida a mi mundo, preciosa –Noah no podía evitar sentirse ligeramente satisfecho de que por fin Kayla entendiera por lo que tenía que pasar él tantas veces–. Me temo que estás a mi amparo –añadió malévolamente–. Está bien. Aprovecharemos que seguramente no sepa que estamos aquí dentro... Seguro que hay una salida de emergencia.

–¿Qué? –y, en cuanto se dio cuenta de lo que proponía, empezó a negar con la cabeza–. No, no.

–No te preocupes –dijo, riéndose con fingida lujuria–. Si hay que escalar algún muro, yo te echaré una mano.

Kayla resopló a modo de respuesta.

–Bueno, caballeros, aquí es donde nos separamos. Kayla y yo vamos a escapar por la puerta trasera. No creo que el fotógrafo os espere a vosotros, pero nos serviréis de distracción.

Ambos asintieron, pero no desaprovecharon la oportunidad de bromear.

–¿Te has fijado en que también se lleva a la chica siempre? –le dijo Tim a Ben.

–No siempre –respondió Noah riéndose.

–Parece que tu reputación ha llegado también a la Costa Oeste –comentó Kayla.

Noah le guiñó un ojo porque sabía que eso la molestaría, y no se equivocaba.

Se separaron de Tim y Ben y salieron por la puerta trasera con la ayuda del gerente del local. Resultó no haber ningún muro que escalar, sólo un callejón que desembocaba a la calle en la que se encontraba el coche de Noah.

–Seguro que los chicos de Silicon Valley lo han pasado estupendamente esta noche –comentó Noah, una vez se pusieron en marcha.

–Tim y Ben son encantadores.

–¿Y yo no? –le preguntó en tono provocador.

–Tú sacas demasiado provecho de los rumores.

–Cuando se sabe que todo lo que se hace en la vida es pienso de revistas del corazón, uno se familiariza con las puertas traseras –al ver que ella no respondía nada, Noah cambió de tema–. Tu trabajo parece muy interesante, lo cual hace que me pregunte por qué quieres pasarte a la sección de negocios.

Por cómo lo miró, resultaba evidente que la había sorprendido al admitir que su trabajo pudiera tener algo de positivo.

–Mi trabajo tiene sus momentos, pero lo que aparece en mis artículos son sobre todo noticias de la gente de la zona porque el *Sentinel* no puede competir con los periódicos y revistas sensacionalistas de tirada nacional.

–¿Por qué no buscas trabajo en una de esas publicaciones?

Kayla se quedó unos minutos en silencio, como si estuviera considerando qué quería revelarle y qué no.

–Estoy preparada para trabajar en algo que no sea cotilleos –dijo por fin–. Lo creas o no, resulta cansado informar de las conquistas de Buffy la Caza Hombres. Además, hace falta ser muy duro para sacar a la luz los trapos sucios de los famosos.

–¿Por qué?

Lo miró de refilón antes de contestar.

—Publicar cosas que siempre molestan a alguien suele tener repercusiones. En realidad yo no disfruto haciendo público algo que sé que puede hacer daño.

Aquella confesión lo sorprendió mucho. De hecho, toda la conversación que habían tenido sobre su trabajo le había parecido sorprendente. Aunque aún estaba enfadado por lo que había escrito de él, estaba dispuesto a admitir que quizá se había apresurado al describir su trabajo como una sarta de mentiras. Aunque seguía sin creer que sus artículos fueran una sátira social, en el fondo sabía que parte de su vida social... y desde luego muchas de las mujeres con las que salía eran un blanco fácil para la burla.

No obstante, se alegraba de que esa noche Kayla hubiera experimentado lo que era tener que huir de los paparazzi; había visto la preocupación en sus ojos y había sentido una ligera satisfacción al verla nerviosa ante la posibilidad de que la descubrieran con él, sabiendo el torbellino informativo que eso desencadenaría.

Aparcó a la puerta de su edificio y se apresuró a ayudarla a salir del coche y acompañarla hasta la puerta, donde había cámara de seguridad pero no portero.

—No sé muy bien qué se dice en estos casos —dijo ella, sacando las llaves—. Pero gracias, lo he pasado muy bien. Supongo que ha sido una buena introducción al mundo de la industria tecnológica.

—Me alegro.

Ese aire de vulnerabilidad lo atraía y lo divertía al mismo tiempo. Se preguntaba si sus citas normales acabarían en situaciones tan extrañas como aquélla. De repente se dio cuenta de que le resultaba desagradable imaginarla con otros hombres. Al demonio con los demás hombres o con lo que hubiera hecho con ellos, lo que él quería en ese momento era besarla.

Se inclinó ligeramente, pero ella lo esquivó con una risa nerviosa. Noah la miró con gesto burlón.

—No has cumplido tu parte del trato —dijo ella.

—¿Qué?

—Es cierto que esta noche he aprendido mucho sobre la industria del software en general, pero no me has dicho absolutamente nada sobre Whittaker Enterprises en particular —alzó la barbilla desafiantemente—. ¿Qué interés tienes en la empresa de Tim y Ben?

Y qué barbilla tan atractiva, pensó Noah. Una barbilla que dejaba paso a un espléndido cuello y más abajo a unos pechos que parecían sacados de una fantasía erótica. *Su* fantasía erótica.

—¿Me estás prestando atención?

—Mmmmm. Sí —volvió a mirarla a la cara—. Me comprometí a dejarte entrar en la empresa, no a darte ningún tipo de información confidencial sobre los proyectos de Whittaker. Para empezar, eres periodista y además, esa información podría ser muy valiosa en la Bolsa.

—¿Estás insinuando que yo haría algo ilegal como comprar acciones de tu empresa valiéndome de un chivatazo? —preguntó ofendida.

—No tú personalmente, pero es la política de la empresa. Lo que menos necesito en este momento es que se filtre ningún tipo de información, aunque sea involuntariamente, así que cuanta menos gente esté al corriente de los planes, mejor —estaba tan encantadora allí frente a él, mirándolo con esa cara de enfado—. Pero te puedo dar una pista... nanotecnología.

—¿Sólo eso? ¿Una palabra?

No pudo evitar esbozar una sonrisa e inclinarse de nuevo hacia ella.

–Sí –murmuró–. Pero no te preocupes, tengo más guardadas.

Le dio un beso rápido, aunque poderoso e inquietante que le hizo preguntarse una vez más qué estaba haciendo. No podía implicarse con una periodista para la que no era más que el camino más directo a un ascenso.

–¡No puedo creerlo! –exclamó su hermana–. Dos tipos camino de ser multimillonarios y ni siquiera eres capaz de mencionarles que tienes una hermana soltera. ¿Es que no se te ocurrió pensar que tengo un préstamo de estudios que debo pagar? No, claro que no –Samantha se contestó a sí misma antes de dejarse caer sobre el sofá–. Estabas demasiado ocupada con don Travieso.

–Yo no estaba pendiente de Noah –aseguró Kayla con la mirada ausente.

–No, claro. Por eso lo has mencionado unas cincuenta veces en la última hora.

Kayla cerró la página de Internet que estaba viendo y dirigió la vista a la ventana. Era una soleada tarde de domingo; como muchas otras veces, Samantha se había quedado allí a dormir después de salir por la ciudad la noche anterior y no haber querido tomar el tren para volver a la residencia.

–Eres una sabelotodo, ¿lo sabías?

–Sí, sabelotodo pero pobre –respondió Samantha–. ¿Qué estabas haciendo? –preguntó mirando al ordenador.

–He estado buscando información sobre nanotecnología. Ya te he dicho que es la única pista que me dio.

Si el viernes por la noche Noah hubiera cumplido su parte del trato, Kayla no habría tenido que investigar por su cuenta. Aún no podía creer que la hubiera dejado sin darle más pistas que una sola palabra.

No disponía más que de tres semanas, así que más le valía cooperar o tendría que atenerse a las consecuencias. Y no habría más besos. Si el viernes no la hubiera pillado desprevenida, tampoco la habría besado entonces. Era una periodista de servicio y él era el objeto de su artículo, por el amor de Dios.

Aunque, si debía ser honesta, ella también tenía parte de culpa porque se había dejado llevar por la sensualidad del ambiente. Le había afectado cada roce de su pierna, cada sonrisa que había iluminado su rostro, cada matiz de la conversación. Tanto que había llegado a olvidar el motivo que la había llevado allí, el objetivo de conseguir información sobre Whittaker Enterprises.

También la había distraído el susto que se había llevado al saber que había un fotógrafo. Había creído que podría seguir a Noah Whittaker a todas partes sin atraer la atención de la prensa.

Y después, para colmo de males, él la había besado.... y a ella le había gustado. Había deseado más.

Dios. Tenía que controlarse. Trató de recordar que Noah Whittaker era un seductor nato.

–¿Qué problema hay entonces con Noah? –le preguntó Samantha de pronto.

–¡Nada! –enseguida se dio cuenta de que había respondido con un grito y trató de arreglarlo–. Nada.

–Sólo que es rico, guapo, inteligente...

–¡Para ya! También es irritante, engreído, arrogante y privilegiado... y está demasiado acostumbrado a que las mujeres caigan rendidas a sus pies. Yo sólo intento escribir un artículo, Noah no me interesa en absoluto.

–Si tú lo dices. Sabes que negar que existe atracción normalmente es el primer paso para comenzar una relación sentimental.

–¡Ay, Dios! –exclamó Kayla, exasperada. Desde que había empezado a estudiar psicología, complementada por la ingestión masiva de libros de autoayuda, Samantha no dejaba de dar consejos del tipo de «expresa tus sentimientos», «no reprimas tus emociones».

–Deberías saber que no todos los tipos ricos son unos canallas. Sólo porque mamá cometiera un error...

–No fue un error tan simple, fue una catástrofe que dejó toda su vida patas arriba.

–Sí, pero en medio de todo eso, te tuvo a ti y no creo que lo haya lamentado nunca.

Kayla trató de aplacar el torrente de sentimientos que desencadenó aquel comentario. Cierto era que siempre había tenido muy buena relación con su madre, pero no podía olvidar aquellos terribles años durante los que su madre se había obligado a terminar sus estudios universitarios por las noches y criar sola a una niña. Aun con la ayuda de su familia, había sido muy duro para ella.

–¿Has sabido algo de él últimamente? –le preguntó Samantha al verla tan ensimismada.

–¿De quién? –respondió aunque sabía perfectamente a quién se refería–. ¿De Bentley Mathison IV? –llevaba algún tiempo ya sin pensar en su padre biológico.

Su hermana asintió.

–No –se entretuvo en ordenar los papeles que había sobre su escritorio–. Su mujer y él se retiraron a su mansión de Martha's Vineyard después de que él saliera de la cárcel. Desde entonces, ha tratado de pasar inadvertido.

Lo cual era una suerte para ella porque no habría sido extraño que se lo encontrara en cualquier acto social de las que tenía que cubrir para el *Sentinel*. Claro que él no habría podido reconocerla ya que jamás se había preocupado por ella y además Kayla utilizaba un apellido tan común como Jones.

En ese momento sonó el timbre de la puerta y Samantha acudió a contestar.

–¿Quién es? –dijo levantando el telefonillo.

–Noah Whittaker –respondieron desde el automático del portal.

Samantha se volvió a mirar a su hermana.

–Es...

–Ya lo he oído –la interrumpió Kayla con sequedad. ¿Qué estaba haciendo allí? Pensó con el estómago encogido.

–Sube –dijo Samantha antes de apretar el botón para abrirle el portal.

Kayla se fijó en la sudadera y los pantalones viejos que llevaba; estaba hecha un desastre y el azote de las mujeres estaría ya en el ascensor.

–¡Rápido! –le dijo Samantha, tirando de ella para que se levantara de la silla–. Al dormitorio. Vaqueros estrechos, blusa escotada y un poco de carmín en los labios. Piensa en qué te recomendaría el *Cosmopolitan*: informal pero dispuesta a todo.

Kayla intentó protestar, pero su hermana ya la había metido en su habitación de un empujón.

–Yo lo entretendré todo lo que pueda –aseguró justo antes de cerrarle la puerta en las narices.

Capítulo Cinco

Noah llamó a la puerta y, más de un minuto más tarde, se encontró ante una imitación de Kayla. Llevaba una camiseta del equipo de Jockey de Tufos y el pelo recogido en una cola de caballo.

–Hola, soy Samantha, la hermana de Kayla.

–Yo soy...

–Don Travieso, lo sé –se apresuró a decir ella.

–¿Qué? –preguntó en medio de una carcajada.

–No importa –dijo Samantha, invitándolo a entrar–. ¿Quieres beber algo? ¿Cerveza? ¿Vino? ¿Sangría?

–Cerveza, gracias.

–Kayla está en el dormitorio poniéndose algo más cómodo –le informó al tiempo que entraba en la cocina–. Ha estado toda la mañana trabajando.

Noah se fijó en que no había dicho «en el trabajo», pero no hizo ningún comentario, se limitó a decir:

–Es demasiado vehemente.

–Bueno, está atravesando su etapa de ambición rubia.

Noah apoyó el hombro en el umbral de la puerta de la cocina.

–¿No querrás decir ambición ciega?

–Eso también –dijo, sacando una cerveza del frigorífico–. Por cierto, es rubia natural, por si te interesa. Pregúntame lo que sea, te contaré todo lo que quieras saber.

–¡Samantha! –exclamó Kayla horrorizada.

Allí estaba, en el arco que separaba el salón del comedor, vestida con vaqueros y un suéter de manga corta rojo oscuro. El cuello de pico le sentaba de maravilla a su escote.

–¿Qué? –le preguntó Samantha a su hermana.

Noah sintió cómo se le curvaban lo labios en una sonrisa al ver el ceño fruncido de Kayla.

–Me cae bien tu hermana –comentó él–. Es explosiva.

–¿De verdad? –intervino la mencionada.

Y, al mismo tiempo, Kayla murmuró:

–Eso no es todo lo que es.

Samantha se sentó sobre la mesa de la cocina.

–He oído que conoces mucha gente de éxito en la industria informática –dejó caer sin perder la más mínima oportunidad–. Soy estudiante universitaria y me *encanta* conocer gente nueva.

La indirecta fue tan sutil como un mazazo.

–Sí, conozco a muchos empresarios de Silicon Valley –respondió Noah, divertido con la situación, y no porque Kayla pareciera tan desconcertada–. Pero debo decirte que muchos de ellos tienen... un problema con el armario –y eso era sólo la punta del iceberg.

–Yo soy una estupenda consejera estilística –replicó Samantha–. A veces, también ayudo a Samantha.

–¿Es a ti a quien tengo que darte las gracias por la camisola con encaje?

–Eso es. Me debes una –confirmó, tendiéndole una cerveza ya abierta.

–Bueno, ya está bien –intervino Kayla.

–¿Es siempre así? –le preguntó Noah a Samantha.

–No, no siempre.

–Es demasiado seria –susurró Noah y, acto seguido, ambos miraron a Kayla.

–Tú sin embargo nunca te pones serio –respondió la aludida.

–Lo hago a conciencia y conlleva mucho esfuerzo –aclaró con total tranquilidad al tiempo que se dirigía al cuarto de estar.

–Pues yo prefiero que me consideren sensata y equilibrada –siguió diciendo ella con la mirada clavada en Noah–. Algunos tenemos que serlo.

Lo primero que atrajo su atención en el cuarto de estar fue el ramo de rosas que coronaba la mesa. Las rosas de Noah.

Y Kayla no tardó en darse cuenta de qué era lo que estaba mirando.

–Son demasiado bonitas para tirarlas, pero no quería tenerlas en la oficina y que las viera todo el mundo –explicó, encogiéndose de hombros.

Noah apartó la mirada de las flores. Por algún motivo, se sentía ridículamente satisfecho de que no las hubiera tirado a la basura. Sí, definitivamente era ridículo sentirse así.

–He venido a traerte esto –dijo entonces, mostrándole su chal–. Te lo dejaste en mi coche.

–Gracias.

–Pasaba por el barrio y pensé en pasar a devolvértelo –se justificó Noah, lo que no dijo era que no había podido dejar de pensar en ella–. Te habría llamado antes de venir, pero no tengo ningún teléfono tuyo excepto el del trabajo.

Con el rabillo del ojo vio que Samantha estaba siguiendo la conversación desde la cocina.

–Y también aprovecho la oportunidad para hablarte de un acto al que tengo que asistir.

–¿Sí?

–¿Quieres zumo, Kayla?

–No, gracias, sólo un vaso de agua –dijo antes de dirigirse a Noah–. Siéntate.

Ella ocupó un sillón mientras que él se sentó en el sofá. Echó un vistazo a su alrededor. La habitación era pequeña, pero estaba muy bien decorada. De las paredes colgaban fotografías en blanco y negro de diferentes ciudades del mundo: Nueva York, París, Boston, Miami, Sidney. Cerca de la puerta de la cocina, había una mesa lacada en negro con un cristal; el resto del mobiliario era un sillón, un sofá color crema, una televisión pequeña y un escritorio con el ordenador, que era un Apple antiguo, de cuyos pequeños altavoces salía la melodía de una canción de salsa.

–Tienes unos gustos musicales muy eclécticos –comentó Noah al respecto–. De Norah Jones a salsa.

–Crecimos escuchando salsa –intervino Samantha–. A nuestra abuela le encanta. Nació en Cuba.

–¿Ah, sí? –Noah bebió un sorbo de cerveza mientras observaba el rostro de Kayla, que parecía estar preguntándose si su hermana iba a darle detalles sobre toda su familia.

–Sí. La abuela adora los boleros, el merengue –continuó diciendo Samantha, haciendo caso omiso de la mirada de su hermana–. En casa resultaba prácticamente imposible poner otro tipo de música. Afortunadamente, con Ricky Martin encontramos un punto medio.

–Interesante –murmuró Noah, mirando a Kayla.

–La abuela siempre iba por la casa cantando, ella también canta –añadió riéndose–. Pero Kayla sólo canta en la ducha.

–Sí, lo sé.

–Bueno, antes has mencionado un acto al que

tenías que asistir –dijo Kayla de pronto, deseosa de cambiar de tema–. ¿De qué se trata?

–Es un acto de gala a beneficio del paseo marítimo de Boston, se celebra a orillas del río el próximo sábado por la noche. Me gustaría que vinieras conmigo. Tendrías oportunidad de oír conversaciones de lo más interesantes.

–A menos que sea un baile de máscaras, la respuesta es no. Ya tuvimos un susto el viernes con ese fotógrafo. Te seguiré por todos lados, pero siempre que sea algo más discreto.

–Sabía que reaccionarías así.

–Me alegra no haberte defraudado.

Samantha los miraba como si estuviera viendo una película. Sólo le faltaban las palomitas.

–En lugar de invitarme a fiestas benéficas –continuó diciendo Kayla–, si realmente quisieras ayudarme, me invitarías a dar una vuelta por las oficinas de Whittaker Enterprises y me darías una lista de empleados con los que poder hablar.

–De acuerdo. Esta semana he estado muy ocupado para hacerlo, pero llámame a la oficina el lunes y acordaremos una hora a la que puedas venir –le ofreció Noah–. De todos modos, sigo queriendo que me acompañes a esa fiesta.

–Eso sería como llamar a los periodistas de cotilleo a gritos y, ten por seguro que acabaríamos muy mal parados.

–Te presentaré como la periodista que está escribiendo sobre Whittaker Enterprises –le dijo pacientemente–. Todo el mundo lo creerá porque la alternativa, que estamos alardeando de una relación que hemos negado públicamente, sería demasiado extravagante.

–Está claro que no sabes nada de los periodistas de cotilleos. Ni siquiera la historia de que un marciano de tres cabezas hubiera aparecido en el

Ayuntamiento sería demasiado extravagante –se inclinó hacia él–. Y, si el alcalde lo negara, el titular sería *El alcalde niega que los extraterrestres hayan invadido el Ayuntamiento*.

Samantha se echó a reír y Noah miró a Kayla tan fijamente como ella lo miraba a él. Después se dirigió a la joven:

–Mete baza cuando quieras, me vendría bien cualquier tipo de ayuda.

–Ni hablar –respondió Samantha–. Kayla está lanzándote una de sus miradas. Mi hermanita puede ser muy testaruda cuando quiere.

–Te creo –dijo él sin apartar la mirada de Kayla–. Pero todo el mundo tiene su precio.

–Tú no podrías permitirte el mío –replicó Kayla.

–¿Cómo sabes lo que puedo permitirme y lo que no? ¿Has estado investigándome?

Ella apartó la mirada.

Noah no estaba del todo seguro de por qué estaba presionándola para que aceptara su invitación; sólo sabía que, de pronto, la idea de acercarse más a Kayla había adquirido tanta importancia como la de rehabilitar su imagen–. Tienes que ir a esa fiesta. Estará llena de gente importante.

–Puedo conseguir un pase de prensa.

–Te presentaré a todo el que merezca la pena conocer. Incluso les hablaré bien de ti. Debes saber que algunos de ellos sienten aversión por los... periodistas.

–¿De quién hablamos? –parecía que empezaba a dudar.

–Susan Benninton-Walsh –dijo nombrando a una de las más importantes figuras sociales de la ciudad con la que sin duda podría tentarla.

–Ya la conozco.

–Vaya. Qué extraño porque Susan detesta a la prensa, sobre todo a los reporteros de cotilleos.

–Eso dicen todos –replicó ella secamente–. Al menos en público.

–¿Quieres decir que en privado te da información?

–Sin comentarios.

Vaya, vaya. Apuntó mentalmente ese dato y pensó que, de ahora en adelante, tendría mucho cuidado con lo que dijera delante de Susan.

–El alcalde entonces –ofreció, cambiando de táctica.

–¿Conoces al alcalde? –preguntó Samantha, impresionada.

–Claro que conoce al alcalde –respondió su hermana.

–Ayudé a financiar su última campaña electoral.

–Generosamente, estoy segura –se burló Kayla.

–Por supuesto –sabía que estaba ponderando hasta qué punto el hecho de conocer al alcalde la ayudaría en su nueva carrera como reportera de negocios.

–¿De etiqueta? –dijo por fin, aunque con ciertas dudas.

Él intentó ocultar la sonrisa de satisfacción.

–Sí.

–¡Genial! –exclamó Samantha dando palmas–. Ahora que está decidido, háblame de tu carrera como piloto de carreras. Me encantaría saber qué se siente cuando se va a más de trescientos kilómetros por hora.

Noah sonrió levemente. Sin duda, aquella muchacha era encantadora. Lástima que la hermana mayor ya lo hubiera vuelto completamente loco y encima se empeñara en mantenerse bien lejos de él.

–Seguro que Noah tiene cosas mejores que hacer –intervino Kayla.

–¿Tratas de librarte de mí? –le preguntó él.

Sus miradas se cruzaron en una especie de choque visual.

–No seas tonto –dijo ella–. Lo decía porque sé que siempre estás muy ocupado.

–Venga, Noah –insistió Samantha, haciendo caso omiso a su hermana–. Parece tan emocionante.

–Emocionante y peligroso –matizó él. Desde luego nadie lo sabía tan bien como él. Precisamente el peligro y la fatalidad habían hecho que se decidiera a dejar las carreras.

Samantha se acercó a sentarse en el sofá para escucharlo más de cerca.

–¿Cómo empezaste a competir?

Noah se encogió de hombros, había respondido a preguntas como ésa más de un millón de veces.

–En una escuela, como muchos otros pilotos profesionales. Obtuve todas las licencias necesarias y empecé conduciendo en las categorías más bajas hasta que conseguí participar en Indianápolis.

–¿Hiciste las Quinientas millas de Indianápolis?

–Conseguí terminar en varias ocasiones –y más que eso, había conseguido terminar entre los cinco primeros en su temporada de novato. Siempre había sido favorito, hasta el accidente que había cambiado su vida y había puesto fin a su carrera como piloto a la temprana edad de veinticuatro años.

Samantha seguía mirándolo impresionada.

–¿Cómo se entra en las grandes categorías?

–Es bastante duro –admitió él–. Se necesitan muy buenas marcas incluso para clasificarte para las categorías importantes, después tienes que encontrar un equipo que te dé un coche, empresas que te patrocinen y muchas otras cosas.

–¿Y para qué tanta molestia? –preguntó Kayla.

Noah se volvió a mirarla.

–Por la emoción que se siente.

No había nada igual a tomar una curva a trescientos kilómetros por hora, luchando por controlar el coche y tomando decisiones de las que depende que ganes o pierdas en unas décimas de segundo.

No esperaba que lo comprendiera. Su familia tampoco lo había hecho, aunque habían terminado aceptando que ése fuera su sueño. Con el tiempo se había dado cuenta de que el amor a la velocidad era algo con lo que se nacía o no. En su caso, había debido haber una mutación genética porque ningún otro miembro de su prestigiosa familia creía que precipitarse a una velocidad de vértigo pudiera ser un placer.

De pronto se dio cuenta de que Kayla lo observaba con gesto pensativo.

–A mí me parece emocionante encontrar un suéter de Stella McCartney en una tienda de ropa de segunda mano –dijo Samantha.

Noah se echó a reír.

–No me identifico mucho con esa emoción, pero sí sé apreciar los resultados de una buena compra.

Samantha respondió con otra carcajada, mientras que Kayla resopló.

–No le gustan mis modales de playboy.

–A lo mejor no me gustas tú –replicó Kayla.

–¡Ay! –simuló una mueca de dolor.

–No es nada personal –le aseguró Samantha en tono de confidencia–. Es sólo que no le gustan los ri...

–¡Bueno! –la interrumpió Kayla al tiempo que se ponía en pie y le lanzaba una peligrosa mirada a su hermana.

Samantha cerró la boca de inmediato.

Algo desconcertado, Noah miró a una y a otra.

–¿No le gustan los...?

–Los ricos que hacen tantas preguntas –completó Kayla rotundamente.

Noah levantó la mirada hacia Kayla y, justo en ese momento, supo con total seguridad, que tenía que averiguar algo más. Quería saberlo todo de ella, quería conocerla íntimamente. Y no iba a darse por vencido.

Aquel miércoles, Kayla llegó a Whittaker Enterprises a primera hora de la mañana. Había acordado con Noah en que visitaría la empresa y hablaría con algunos empleados; lo seguiría y vería cómo funcionaba todo.

Había tenido un cuidado especial a la hora de elegir su indumentaria pues sabía por propia experiencia que para un gran número de gente, una mujer joven y soltera no era alguien digno de tener en cuenta. Así que había optado por unos pantalones anchos de color azul marino y una blusa de rayas azules y amarillas. Un estilo elegante pero profesional, o al menos eso esperaba. Aquel tipo de trabajo nada tenía que ver con el de reportera de cotilleos, y eso debía notarse en la apariencia.

De camino al despacho de Noah, recordó los resultados de la investigación que había llevado a cabo sobre Whittaker Enterprises y sobre Noah para prepararse para aquella visita.

Whittaker Enterprises había sido fundada por el padre de Noah en la década de los sesenta y, desde entonces, había ido evolucionando hasta convertirse en un conglomerado de empresas centradas en las propiedades inmobiliarias y en las altas tecnologías. Quentin, el hermano mayor de Noah, había tomado las riendas de la empresa familiar hacía ya algunos años, cuando su padre había decidido retirarse casi por completo. Al mismo tiempo, Noah había sido elegido para hacerse cargo de la rama de la empresa que se dedicaba a la informática. Todo ello, claro está, después de abandonar su vena inconformista, ya que después de graduarse en el M.I.T., el Instituto de Tecnología de Massachussets, en lugar de unirse al negocio familiar, se había lanzado al mundo de las carreras de coches.

Había encontrado bastantes artículos en los que se relataba la sorpresa que había supuesto la decisión de Noah en los círculos sociales de Boston. Había sido como si anunciara que quería ser jockey en lugar de propietario del caballo. Algo impropio de una familia de rancio abolengo como la suya.

Aun así, él había perseguido su sueño y, tras tres años de éxito, había sufrido el accidente que había marcado el fin de su carrera. Había ocurrido en la tercera vuelta de las cuatrocientas millas de Michigan. Noah había estado peleando la primera posición con Jack Gillens, un gran amigo suyo. Justo cuando Noah lo estaba adelantando, Jack había perdido el control del coche y se había estrellado contra el muro; los restos del vehículo habían salido volando por todos lados.

Los intentos de reanimación no habían dado resultado y, sólo unos minutos después del accidente la carrera había terminado con una bandera amarilla. Noah había ganado, pero Jack había ingresado ya cadáver en el hospital. Una investigación posterior había concluido que Noah no había sido responsable del accidente.

Hasta ese momento, del que ya hacía siete años, Noah había aparecido mucho en la prensa. Su físico, unido al atractivo generado por su emocionante profesión le habían valido ser portada de multitud de revistas y que *People* lo nombrara el hombre vivo más sexy.

Pero después del accidente se había recluido y, unos meses más tarde, había anunciado que dejaba las carreras. Había vuelto al M.I.T. a hacer un doctorado en Informática tras el cual había comenzado a trabajar en la empresa de la familia.

Se había retirado de la vida pública durante unos meses, pero después había regresado con fuerza. Con su nueva actitud de playboy, se había hecho acompañar de modelos, actrices y, sí, incluso de una concursante de un *reality show*. De nuevo aparecía en la revista *People* y en muchas otras publicaciones sensacionalistas.

Kayla había oído hablar del accidente, pero nunca había sabido los detalles o la repercusión que había tenido en la vida de Noah. Ahora que sabía cómo había sido todo, comprendía la reacción de Noah en la presentación del libro cuando ella había mencionado el accidente; él se había callado repentinamente y había ocultado su dolor.

Mientras caminaba a su lado por la empresa, no podía dejar de pensar en todo lo que había leído.

–He estado investigando un poco sobre nanotecnología.

–¿De verdad? –le preguntó él–. ¿Y qué has descubierto?

–Muchas cosas que deberías haberme explicado tú.

Noah se echó a reír.

–Bueno –siguió hablando ella–. En lugar de

que yo te diga lo que he descubierto, ¿por qué no me dices tú lo que sabes?

—Está bien. ¿Has oído hablar de la Ley de Moore?

—No.

—Básicamente dice que la densidad de los datos contenidos en cualquier ordenador se duplica cada dieciocho meses aproximadamente.

—¿Y qué relación tiene eso con la nanotecnología?

—Enseguida te lo explico —le dijo al tiempo que la miraba con una enorme sonrisa en los labios—. Si has hecho tus deberes, sabrás que la nanotecnología consiste en la manipulación de átomos; se llama así porque las estructuras que estudia, los átomos, se miden en nanómetros. Cada átomo contiene mil millones de nanómetros.

—Ya —por el momento, todo lo que había dicho encajaba con lo que ella había averiguado.

—Las aplicaciones de la nanotecnología son potencialmente ilimitadas, desde superordenadores del tamaño de una mano hasta diagnóstico precoz del cáncer.

—Vaya.

—Sí. Todo el mundo tiene mucha prisa por avanzar rápidamente en el uso de la nanotecnología, aunque en realidad es un campo muy nuevo. Hasta los años ochenta no se creó un microscópico con el que se pudieran estudiar los átomos. Pero la nanotecnología es lo más importante que ha surgido desde los ordenadores.

—¿Me estás diciendo que Whittaker Enterprises ha desarrollado un producto que utiliza la nanotecnología?

Noah volvió a sonreír antes de responder.

—Todavía no he llegado a eso. Tendrás que esperar un poco.

—Pero...

–Vamos –dijo, interrumpiéndola–. Déjame que te presente a los empleados y después me quitaré de en medio para que puedas hablar con ellos; así podrás hacerte una idea de lo que hacemos aquí.

Kayla suspiró. Al menos había avanzado un poco.

–Muy bien.

Enseguida le explicaron que Noah había organizado su parte de la empresa en equipos, cada uno de ellos, dirigido por un jefe de equipo, desarrollaba un proyecto. Los grupos eran lo bastante pequeños para permitir la flexibilidad necesaria para sacar adelante los trabajos.

Tomó notas mientras hablaba con todo el mundo. Uno de esos equipos había desarrollado un delgadísimo PDA de mano que estaba a punto de salir al mercado. Otro estaba probando un reproductor de DVD portátil y muy ligero. Parecía que la clave de todos esos proyectos estaba en el reducido tamaño de los productos. Sin embargo, nadie le dio demasiados detalles de la nanotecnología, por lo que llegó a la conclusión de que la información era bastante valiosa.

Lo que sí hicieron todos ellos fue alabar a Noah; según ellos, era inteligente, imperturbable y tenía la capacidad de trabajar las veinticuatro horas del día si era necesario y hacer que pareciera sencillo. Por supuesto, Kayla sintió la obligación de mencionar todas aquellas maravillas cuando se reunió con él en su despacho.

–Parece ser que tienes fama de ser buen trabajador.

Noah sonrió.

–Parece que eso te molesta.

–Es como el beso de la muerte para un reportero. No hay trapos sucios, nada.

–Te aseguro que yo no les dije que hablaran de

mí, sólo que no te dieran información confidencial.

–Supongo que a todo el mundo le da miedo contrariar al jefe.

Él negó con la cabeza.

–El desgaste de nuestros empleados es muy bajo y lo pagamos a precio de oro. La gente trabaja aquí porque quiere hacerlo –ella se quedó callada unos segundos–. Vamos, te invito a comer.

Aceptó a regañadientes. No comieron en la cafetería de la empresa, sino en Carlyle, un pequeño restaurante lleno de encanto.

Kayla pidió la sopa de cebolla, medio sándwich y una buena porción de información por parte de Noah. Él se limitó a reírse y a pedir el pastel de cangrejo.

–He leído muchas cosas sobre ti –le dijo después de que el camarero les sirviera la comida.

–Se supone que ya no escribes de mí en tu columna –le dijo levantando las cejas–. Así que, ¿quién ha escrito nada sobre mí últimamente?

–No, en realidad he leído sobre tu pasado. Mientras indagaba sobre Whittaker Enterprises, me encontré con muchos artículos sobre ti.

No pudo evitar parpadear con cierta incomodidad.

–El pasado no puede cambiarse, así que trato de no perder el tiempo evaluándolo.

–Tuviste mucho éxito como piloto de carreras –le dijo entonces–. No sabía lo bueno que habías sido hasta que leí esos artículos.

Noah hizo una larga pausa antes de contestar.

–¿Habría cambiado eso el modo en el que me trataste en tu columna?

–No lo sé –admitió Kayla. Hasta hacía unos días, no había sabido que el piloto que había muerto en el accidente y Noah habían sido tan buenos amigos. Aunque ahora lo veía lógico, puesto que pertenecían al mismo equipo–. Pero creo que me habría dado una nueva perspectiva.

Parecía estar esperando que siguiera hablando.

–Fue una extraña elección la de dedicarte a las carreras de coches.

–No eres la primera persona que dice eso –dijo encogiéndose de hombros–. Pero lo cierto es que hay muchas similitudes entre las carreras y lo que hago ahora. Ser piloto de carreras también está muy relacionado con la tecnología.

–¿Cómo empezaron a interesarte las carreras?

–¿En una palabra?

–Sí.

–Por los karts.

Kayla enarcó las cejas. Por una vez, Noah parecía estar siendo completamente sincero, no había ni rastro de su habitual media sonrisa.

–Era el cumpleaños de un amigo –comenzó a explicarle–. Y lo celebró en una pista de karts. Me encantó la experiencia.

–¿Qué edad tenías?

–Diez años. Empecé con los coches de verdad cuando era un adolescente. Dejé las carreras durante un tiempo mientras estaba en la universidad, pero después volví.

–Hasta el accidente –añadió ella.

Noah cambió de postura, se sentó con la espalda muy recta y respiró hondo antes de contestar.

–Sí.

–¿Por qué decidiste dejarlo? Por lo que he leído, eras un fenómeno con muy buenas perspectivas.

–Puede que no fuera una elección. A veces no se puede elegir. Si tu mejor carta es un diez, no puedes tirar un rey.

Kayla lo miró confundida. ¿A quién quería engañar? Era guapo, rico e inteligente.

–La mayoría de la gente te diría que has venido al mundo con varios reyes.

–La mayoría de la gente no me conoce, aunque crean que lo hacen sólo por lo que leen o escriben sobre mí –añadió sin rodeos.

Había recibido la indirecta.

–No necesitan conocerte para saber que naciste rodeado de privilegios.

–Sí, pero a veces da igual cuánto dinero se tenga, aun así hay que enfrentarse a cosas en la vida en las que no hay marcha atrás.

–¿Eso fue el accidente? ¿Algo que te gustaría borrar de tu vida si pudieras? ¿Por eso abandonaste tu carrera como piloto?

Noah pidió la cuenta con un gesto, después volvió a mirarla y la observó durante unos segundos.

–Quizá fuera justo al revés. Quizá fuera mi carrera la que me abandonó a mí. O quizá, Kayla –dijo, alargando su nombre–, decidí que no quería seguir compitiendo durante diez o veinte años más y que me interesaba más desarrollar tecnología de vanguardia.

Nunca lo había visto tan afectado, ni siquiera durante la confrontación que habían tenido en la fiesta de presentación de aquella biografía. Se movió en el asiento con inquietud mientras él no apartaba la mirada de su rostro.

–Espero que no sea tu instinto de reportera lo que te hace preguntarme todas estas cosas y que no estés tratando de dibujar mi perfil psicológico ni nada de eso.

Ni se le había ocurrido pensar en el trabajo... sólo había querido saciar la curiosidad, pero ahora que lo mencionaba...

–¿Qué pasaría si así fuese? ¿Fue el accidente lo que te convirtió en el juerguista que has sido durante los últimos años?

Después de firmar el recibo de la tarjeta de crédito, levantó la mirada hacia ella.

–Te equivocas de camino. Si de verdad quieres saber por qué soy como soy, céntrate en mis experiencias en el M.I.T. y en la oficina, no en la pista de carreras.

Kayla no estaba muy convencida. En absoluto.

Capítulo Seis

No había lugar donde esconderse.

Y lo había buscado a conciencia.

Una fiesta celebrada en una enorme carpa blanca no proporcionaba ningún escondrijo para que una mujer huyera de un destino peor que la muerte. Particularmente una mujer con un top de lentejuelas sin mangas, una falda negra de tubo y unos tacones de más de cinco centímetros. Tendría que hacerle una sugerencia a la fundación que organizaba el evento para evitar futuros conflictos.

La velada había comenzado de manera inocente. Noah había pasado a buscarla con un aspecto más sexy que nunca. Al verlo con aquel impecable esmoquin se le había acelerado el pulso, una sensación a la que empezaba a acostumbrarse. Había decidido admitir ante sí misma que sí, lo encontraba muy atractivo, ¿quién no lo haría? Pero era lo bastante lista para saber que no era buena idea dejarse llevar por dicha atracción, dejando a un lado los recientes besos.

En cuanto habían llegado a la gala benéfica, Noah había cumplido su promesa de presentarla al alcalde como una periodista del *Boston Sentinel* que estaba reuniendo material para escribir un artículo sobre Whittaker Enterprises. Afortunadamente, el alcalde no relacionó su cara con la columna de *Según los Rumores*. Y Noah no se había equivocado, gracias a su presentación, el alcalde se había mostrado muy amable y accesible con ella.

Pero, por desgracia, después de la breve conversación, la velada había cambiado radicalmente. De estar jugando con simpáticos delfines había pasado a nadar entre tiburones.

Primero se había encontrado con Fluffy, que la había hecho prometer que la mencionaría en la columna del lunes. Después, Buffy la Caza Hombres había abordado a Noah. Evidentemente, se había tomado a pecho la insinuación del artículo de Kayla y había decidido incluir a Noah entre su lista de conquistas.

Kayla dio gracias de que al menos Huffy no estuviera presente. Por lo que había oído decir, seguía en Europa, haciéndose un hueco en las revistas de cotilleo del viejo continente gracias a un conde alemán.

No pudo evitar preguntarse qué tal le sentaría a Noah la noticia. Le echó un vistazo y lo encontró con gesto irritado al otro lado de la sala, donde Sybil LaBreck parecía estar castigándolo sin piedad.

En otras circunstancias, quizá hubiera sentido lástima por él. Pero en aquel momento ya tenía suficiente con hacer frente a sus propios problemas.

Porque, justo cuando empezaba a recuperar la respiración, se dio media vuelta y vio a Bentley Mathison IV. Por un instante, se había quedado paralizada, pero después se había concentrado en la ardua y, por el momento, infructuosa tarea de buscar un lugar en el que esconderse.

Sabía que Bentley Mathison y su esposa no podrían reconocerla, pero de todos modos, no tenía el menor interés en encontrarse con ellos frente a frente. Precisamente allí.

Aceptando las carencias de la carpa, decidió buscar una salida. Necesitaba un momento de tranquilidad para recuperar las fuerzas. Cuando se encaminaba al exterior, vio a los hermanos de Noah acompañados de sus respectivas parejas y se maldijo a sí misma por su mala suerte.

Estaba atrapada, no le quedaba otra alternativa que dar un giro de ciento ochenta grados y buscar al menos una planta en la que camuflarse.

Entonces se dio cuenta de que Noah había conseguido zafarse de las garras de Sybil y se dirigía hacia ella. Sus hermanos, con Allison Whittaker a la cabeza, se aproximaban desde otro punto de la carpa. Y Bentley Mathison y su mujer iban hacia todos ellos.

Intentó esbozar una sonrisa. Era lo menos que podía hacer en el momento en el que el universo entero parecía haberse confabulado en su contra.

–¡Noah!

–¡Allison!

–¡Kayla!

«¡Socorro!» pensó Kayla.

–Vaya, qué sorpresa tan agradable –dijo Allison–. No sabíamos que estarías aquí, Noah –y miró al guapísimo hombre que la acompañaba en busca de confirmación.

Kayla conocía a Connor Raferty de vista. Se rumoreaba que había estado enamorado de Allison durante años hasta que por fin habían empezado a salir juntos y finalmente se habían casado.

Junto a Connor, había un hombre alto y de pelo oscuro que parecía recién salido de una revista para mujeres y al que Kayla identificó como Matt, el hermano mayor de Noah. Detrás de ellos, Quentin y su mujer, Liz, a quien Kayla conocía de otros actos sociales que había cubierto para el *Sentinel*, se habían entretenido con otros invitados.

–Hasta hace muy poco, yo tampoco estaba seguro de venir –explicó Noah.

Allison miró a su hermano y luego a Kayla, fijándose especialmente en el brazo que él le había pasado por la cintura para conducirla hacía otro lugar. No podía culpar a Allison de no entender nada. Después de todo, hasta hacía sólo unos días, Noah había creído que el único propósito de Kayla era el de amargarle la vida.

–Allison, Connor, Matt, ésta es Kayla.

Allison fue la primera en reaccionar.

–Kayla y yo ya nos conocemos –diciendo eso, miró a su hermano–. Pero me sorprende que haya venido contigo.

Kayla sintió una cálida sensación, hasta que habló Noah.

–Supongo que no sabes que me acompaña porque esta escribiendo un artículo sobre Whittaker Enterprises para el *Boston Sentinel*.

Allison enarcó las cejas y, aunque era evidente que estaban haciendo un esfuerzo para no hacer ningún comentario, Matt y Connor los miraban con gesto divertido. Allison abrió la boca para decir algo, pero antes de que pudiera hablar, una voz hizo que todos se dieran la vuelta.

Era Bentley Mathison, que hasta ese momento había permanecido en silencio.

–Noah y Matthew Whittaker –dijo acercándose tendiéndoles la mano y sonriendo demasiado para resultar sincero–. ¡Cuánto tiempo!

La audacia de Bentley Mathison era extraordinaria, sobre todo teniendo en cuenta que, efectivamente, debía de hacer bastante tiempo puesto que él había pasado treinta y seis meses en prisión por evasión de impuestos y apropiación indebida de fondos.

–Bentley –lo saludó Noah, aceptando su mano a regañadientes, o al menos eso le pareció a Kayla–. Sí, hace bastante tiempo.

–Demasiado –dijo Bentley jovialmente antes de volverse a saludar a los otros dos Whittaker y presentarles a su esposa, Margaux.

Allison se comportó con frialdad, y no era de extrañar, pensó Kayla. Como ayudante del fiscal del distrito, recientemente había sido víctima de acoso por parte de un acosador, hasta que Connor había guiado a la policía hasta el culpable. Pero era lógico que no disfrutara estando en presencia de un delincuente, fuera del tipo que fuera.

Cuando Noah la presentó a los Mathison, Kayla intentó parecer tranquila, pero no pudo evitar que su mano estuviera fría y húmeda al saludar a Bentley Mathison.

Su padre biológico.

Lo miró a aquellos ojos azules... claros y fríos como un cielo de invierno y no pudo creer que aquel hombre fuera el responsable de su existencia. De manera completamente inconsciente, su mente se puso a buscar parecidos, temiendo encontrar alguno.

Con el rabillo del ojo, vio que Noah la miraba de un modo extraño. Fue entonces cuando se dio cuenta de que seguía agarrando la mano de Bentley Mathison.

–Encantada –murmuró azorada al tiempo que retiraba la mano rápidamente.

No habría sabido decir de qué trataba la conversación que mantuvieron a su alrededor; oía voces pero no entendía nada. Lo único que sabía era que Bentley trataba de congraciarse con los Whittaker, seguramente con la idea de recuperar contactos comerciales, y que los Whittaker reaccionaban con diferentes grados de indiferencia.

Aparentemente, nadie se dio cuenta de lo incómoda que se sentía Kayla. Nadie excepto Noah, que seguía mirándola de vez en cuando, como si tratara de comprender qué le pasaba.

En algún momento de la conversación, oyó que Noah decía:

—Disculpadnos.

Entonces, sin esperar respuesta, la condujo hasta la pista de baile, la estrechó en sus brazos y comenzó a moverse al ritmo de una suave melodía.

—¿A qué ha venido eso? —le preguntó por fin, hablándose casi al oído.

—¿El qué?

—Esa imitación que has hecho de Medusa cuando te he presentado a Bentley Mathison, creí que ibas a convertirlo en piedra.

—No seas tonto. Si he reaccionado de un modo extraño, es sólo porque ese tipo es un delincuente y un sinvergüenza —al ver su gesto de sorpresa, trató de respaldar sus motivos—. Tu hermana ha reaccionado de un modo parecido.

—Sí, pero es que ella se dedica a ser el azote de los delincuentes; mientras que tú tratas de sacar información de quien sea.

—No si se trata de Bentley Mathison —aseguró rotundamente—. ¿Y desde cuándo eres amigo de ex delincuentes?

—Oye, oye —le dijo en tono tranquilizador—. Yo no he dicho que me guste ese tipo, pero no iba a hacer una escena en medio de una gala benéfica. Además, ha pagado su deuda con la sociedad cumpliendo una condena de cárcel.

Kayla apartó la mirada.

—Quizá le queden otras deudas pendientes.

—¿Qué?

—Déjalo —dijo al darse cuenta de que había hablado en voz alta—. No quiero hablar de ello —lo último que deseaba era darle a Noah Whittaker más información personal sobre sí misma.

Parecía dispuesto a protestar, pero al final se limitó a asentir y siguieron bailando en silencio. Y, a pesar de la perturbación que había supuesto la presencia de Bentley Mathison, lo cierto era que ahora sentía una especie de electricidad con sólo estar cerca de Noah, un hormigueo le recorría el bajo vientre...

Cuando acabó la canción, abandonaron la pista de baile.

–Volvamos a Bentley Mathison –insistió Noah.

Kayla tardó varios segundos en centrarse en lo que había oído, pues seguía inmersa en la agradable sensación de haber estado entre sus brazos.

–No hay nada que decir. Simplemente me parece que es una pena que haber estado en la cárcel ya no suponga una deshonra social.

–Quizá eso dependa de cada persona.

–Puede ser.

Justo entonces se dio cuenta de que los Mathison estaban en su camino; si seguían andando en la misma dirección, se verían obligados a hablar con ellos de nuevo, que parecía ser lo que Bentley buscaba.

Se detuvo en seco y agarró a Noah del brazo. Él la miró sin entender, pero entonces miró al frente y vio a los Mathison.

Volvió a mirarla y le murmuró.

–Está bien. ¿Vas a contarme de una vez qué es lo que te pasa con Bentley Mathison?

Kayla asintió con gesto derrotado.

–Pero primero sácame de aquí –su voz le sonó frágil hasta a sus propios oídos.

En una rápida maniobra, Noah fingió ver a alguien conocido en el otro extremo de la carpa y tiró de ella hasta llegar al exterior, donde Kayla por fin respiró hondo.

–¿Estás bien? –le preguntó él con una preocupación que la sorprendió–. Estás muy pálida.

–Sí... estoy bien –volvió a tomar aire antes de decir apresuradamente–: Bentley Mathison es mi padre biológico, pero él no lo sabe.

–Vaya, parece que tú también tienes secretos.

–A veces me gustaría no tenerlos.

–¿Y entonces por qué los guardas?

–No es fácil decir que un cuarto de mi sangre es cubana, otro cuarto inglesa y la mitad es de procedencia vergonzosa.

–Pero el sinvergüenza es él, no tú –dijo con convicción.

Kayla estaba a punto de echarse a llorar y no podía dejar de pensar qué demonios le había pasado para revelar uno de sus más ocultos secretos. ¡Y se lo había dicho a Noah, ni más ni menos! Ahora lo único que tendría que hacer sería mencionar tan jugosa información a Sybil LaBreck y entonces ella estaría lista para arder en la hoguera a la vista de todos.

Como si pudiera leer sus pensamientos, Noah le dijo:

–No te preocupes, no se lo diré a nadie, y desde luego no se lo diré a Sybil LaBreck –hizo una pausa y miró a su alrededor–. Vámonos de aquí, te llevaré a casa.

–Hace sólo un rato que llegamos.

–No estás en condiciones de volver ahí dentro y enfrentarte a Bentley y compañía –le dijo, agarrándola del brazo–. Por no hablar de Buffy la Caza Hombres, a quien, para que conste, yo tampoco quiero ver. Vamos.

–Gracias.

Se sintió aliviada de alejarse de allí y sorprendida de lo comprensivo que se mostraba Noah. Lo miró un segundo. Tenía el ceño fruncido y parecía peligroso y, sin embargo, en ese momento, se dio cuenta de que le gustaba más que nunca.

Noah encendió la luz del apartamento de Kayla.

Vaya nochecita. Primero había sido abordado por Buffy, después Sybil LaBreck lo había bombardeado a preguntas sobre la verdadera naturaleza de su relación con Kayla pues sospechaba que entre ellos había algo más de lo que querían aparentar. Finalmente había conseguido librarse de ella dándole una mala contestación.

Y, para colmo, jamás habría imaginado que Kayla fuera hija biológica de Bentley Mathison. No era de extrañar que se mostrara tan reticente con los hombres; sobre todo con los ricos y privilegiados, un grupo en el que lo había incluido a él.

¿Qué había tratado de decirle su hermana antes de que Kayla la interrumpiera? Algo así como que la aversión que Kayla sentía por él no era personal. Ahora comprendía por qué. Su aversión era hacia todos los hombres que tuvieran algún tipo de similitud con Bentley Mathison.

Pero el problema lo tenía él porque había estado comprobando todos los síntomas y, sin lugar a dudas, sufría un caso grave de atracción por Kayla.

Estaba de espaldas a él y se sostenía el cabello en la nuca con una mano. En los breves instantes que mantuvo dicha posición, Noah trató de embeberse de tan deliciosa visión antes de que volviera a dejar caer sobre su espalda desnuda la cortina dorada de su cabello.

Noah se aclaró la garganta y ella se volvió a mirarlo.

—Lo siento, estoy siendo muy descortés —murmuró.

–Sólo iba a preguntarte si te apetecía algo; una copa de vino, un café –«yo».

Aplacó el deseo sexual que acompañaba ese último pensamiento.

–Qué cambio de papeles –comentó ella, forzando una sonrisa–. Debería ser yo la que te ofreciera algo a ti.

Noah continuó mirándola sin decir nada. Era un placer observarla; sus hombros resaltados por el top que llevaba anudado al cuello, sus pechos redondos y firmes y sus caderas marcadas bajo la larga falda.

Fue ella la que rompió tan intenso silencio.

–Voy a preparar un par de copas, ¿qué te parece?

–Muy bien.

Debería haberse echado hacia atrás, pero dejó que ella lo rozara al pasar junto a él camino a la cocina. Y el efecto fue como una descarga eléctrica, al menos para él. ¿Había imaginado el estremecimiento de su cuerpo?

Hundió las manos en los bolsillos del pantalón para no agarrarla y besarla apasionadamente, pero siguió observándola mientras servía dos whiskys con hielo.

–Aquí tienes –le dijo sin mirarlo siquiera.

¿Acaso le daba miedo mirarlo, e incluso tocarlo?

Con la copa en la mano, Noah volvió al salón y tomó un trago. Sintió cómo el licor le quemaba la garganta y se aflojó la corbata con una mano antes de pasársela por el pelo. Más que oírla, sintió cuándo ella volvió al salón. Se acercó a él con su estilo a lo Grace Kelly y sus tacones de aguja golpeando el suelo de madera del modo más tentador.

–Salud –dijo levantando su copa hacia él.

–Te gusta el peligro, ¿no? –le preguntó Noah con una sonrisa en los labios.

–Tú eres el experto en vivir peligrosamente.

Dio otro trago sin apartar la mirada de ella.

–Si viviera peligrosamente, no estaría aquí de pie ni tú estarías ahí.

Kayla sonrió y en sus ojos apareció un brillo especial.

–Pero sólo estoy a unos centímetros.

–Es cierto –parecía que esa noche había decidido enfrentarse a todos los hombres de mala fama de su vida: su padre biológico y él–. Vayamos al fondo de la cuestión. Encontrarte con Bentley Mathison te ha afectado mucho.

Kayla se humedeció la lengua con los labios, obligando a Noah a hacer un verdadero esfuerzo por no perder el hilo de la conversación.

–Qué aburrido. ¿No podemos hablar de otra cosa? –sugirió al tiempo que se sentaba en el sofá y cruzaba las piernas antes de dar unas palmaditas en el asiento para que él se sentara a su lado–. No sé cómo conseguiste esa fama de seductor utilizando temas de conversación tan poco atrayentes como padres haraganes y ex convictos.

Sintió la tentación de demostrarle cómo había conseguido dicha fama de seductor, pero el modo en el que estaba actuando habría podido superar incluso a Buffy la Caza Hombres. Ahora era ella la que jugaba a seducir, sin saber lo bien que le quedaba el papel con el que trataba de seducirlo a él, el gran seductor.

–Cuéntame cómo cayó tu madre bajo el hechizo de Bentley Mathison.

Kayla arrugó la nariz y dio un trago a su copa. El brillo no había desaparecido de sus ojos.

–Es una tragedia en tres actos y a mí me gustan más las comedias, ¿tú no?

–¿Cómo empieza el primer acto?

Respiró hondo antes de continuar.

–Con una joven procedente de una familia muy unida que se va a estudiar a la universidad gracias a una beca.

–¿Tu madre?

–Sí. Consigue un trabajo de verano en una empresa de servicios financieros que le aportará algún dinero y la ayudará a pagar las matrículas universitarias. Pero uno de los socios le toma simpatía.

–Bentley.

–Sí. Un engatusador peligroso ya cuando era joven.

–Así que la empleada de verano acaba quedándose embarazada de dicho socio –dedujo Noah.

–Eso sería el segundo acto y, como eres tan listo, seguro que sabes también lo que ocurre en el tercer acto.

–El socio se niega a hacerse responsable de nada –dijo rotundamente.

–Exacto –confirmó ella con la misma dureza–. Resulta que Bentley estaba a punto de anunciar su compromiso con la hija de un importante financiero, cosa que le vendría muy bien para lanzar su carrera.

–¿Y qué pasó con tu madre?

–Al principio tuvo miedo de contárselo a su familia. ¿Quién iba a creerla? Bentley la había convencido de mantener en secreto la relación para no escandalizar a nadie en la oficina. Así que dejó la universidad durante un tiempo y tuvo al bebé. Pero después, con la ayuda de su familia, acabó la licenciatura.

–¿Y tu hermana?

–Eso es el epílogo feliz de la historia –dijo dando otro trago a la copa–. Varios años después, la mujer conoce a su alma gemela. Se enamoran y se casan. Él adopta a la niña y, más tarde, tienen una hija juntos.

–Comprendido –dijo Noah–. Excepto por un pequeño detalle.

–¿De qué se trata?

–Yo no soy Bentley –dijo muy despacio.

–Yo nunca he dicho que lo fueras.

–Pero actúas como si creyeras que lo soy.

Kayla descruzó las piernas y se puso en pie, volviéndose a colocar la armadura.

–Ya tengo bastante psicología barata con Samantha.

Pero no iba a dejarla escapar.

–Entonces lo entendí todo mal, ¿verdad?

–¿El qué?

Negó con la cabeza y dejó la copa sobre la mesa.

–No era la cabeza de turco de tus artículos porque, en secreto, te sientes atraída por los playboys. En realidad es todo lo contrario, los seductores ricos te recuerdan a tu padre y quieres hacerlos pagar a todos ellos.

–Puedes creer lo que quieras, pero no me conoces.

Noah dio varios pasos hacia ella.

–Es una lástima –murmuró con los ojos clavados en su rostro–. Habría preferido la historia de tu atracción secreta por los playboys.

Kayla levantó las manos en un gesto de exasperación, pero él le tomó la cara entre las manos.

–¿Qué haces? –dijo ella, casi sin aliento.

–Ponerte a prueba.

–¿Pa... para qué?

–Para que demuestres que, a diferencia de tu madre, tú no te dejas engañar y seducir por un sinvergüenza.

La miró a los ojos y después la besó.

Capítulo Siete

En cuanto los labios de Noah rozaron los suyos, Kayla se rindió. Esa vez su beso no fue una simple caricia, era más bien una exigencia que le cortó la respiración y la hizo abrir la boca, abandonándose a su pasión.

Noah intensificó el beso mientras le acariciaba los brazos con ambas manos, obligándola a intentar controlar todas las emociones que estaban despertándose dentro de ella y a intentar controlarlo a *él*.

Estaba tan equivocado sobre ella. No había escrito sobre él porque quisiera vengarse de los playboys que le recordaban a Bentley Mathison. Si escribía sobre Noah en sus artículos, era únicamente porque insistía en hacer ostentación de una vida sobre la que la gente quería leer. Nada más, excepto quizá su aversión personal contra esas personas cuya sofisticada vida tan poco tenía que ver con las preocupaciones de una persona normal como ella.

Seguramente él esperaba que lo rechazase y dejara de besarlo; pero en vez de eso, lo que hizo fue pasarle los brazos alrededor del cuello....

Y responder a su beso de igual a igual.

No iba a huir de aquel desafío. Había visto cómo la había mirado durante toda la noche; había estado comiéndosela con los ojos. No, era evidente que Noah no era inmune a ella y Kayla sabía que esa vez podía ser la seductora en lugar de la seducida.

Entonces él levantó la cara y la miró intensamente.

–Empiezas a flaquear –le dijo con voz ronca y excitada.

–Tú también –ella también estaba sin respiración.

–La invitación que necesitaba.

–No era una invitación, sino una advertencia.

Noah se echó a reír suavemente al tiempo que le acariciaba las mejillas y después recorría su rostro con multitud de delicados besos.

–Recuerda que estoy acostumbrado a aceptar riesgos.

Al sentir su respiración en el oído, sintió un escalofrío que le recorrió el cuerpo entero. Él siguió besándola para después chuparle suavemente el lóbulo de la oreja y continuar haciendo lo mismo en el cuello. Tenía una mano en la parte superior de la espalda, la otra había bajado hasta su trasero, donde la apretaba contra su evidente excitación.

Inclinó la cabeza hacia atrás para darle mejor acceso y cerró los ojos. Cada vez resultaba más difícil distinguir quién era el seductor y quién el seducido; ambos se habían dejado llevar por la intensidad del momento.

Fue al sentir frío en la espalda que Kayla se dio cuenta de que Noah le había bajado la cremallera del top, dejando al descubierto el sujetador sin tirantes.

Buscó su mirada.

Tenía el rostro sonrojado y seguía comiéndola con los ojos.

–Eres preciosa –dijo, paseando los dedos por el satén negro del sostén–. Y muy sexy. Como un regalo de Navidad esperando que alguien lo desenvuelva.

Sentía los pechos hinchados y calientes bajo su ansiosa mirada y, antes de que pudiese recuperarse de un nuevo escalofrío, Noah empezó a besarla de nuevo y se dio cuenta de que, no sólo no sabía quién estaba seduciendo a quién, sino que además había dejado de importarle.

Lo único que importaba era que continuase dándole placer porque deseaba a aquel hombre con una fuerza que la sorprendía.

Cuando terminó de desabrocharle el sujetador, dejó de besarla para apoyarse en el respaldo del sofá y comenzó entonces a acariciarle y besarle los pechos. Ella sumergió los dedos en su pelo y después le acarició los brazos y los muslos fuertes y musculados.

No pudo reprimir un gemido que abandonó sus labios justo en el momento en que sintió cómo los de él se cerraban alrededor de su pezón y la hacían estremecer.

—Noah...

—Chsss —susurró él—. No pienses, sólo siente.

Pasó al otro pecho y volvió a provocarle otro escalofrío.

Era demasiado y, sin embargo, no era suficiente.

Por fin levantó la cabeza.

—Tienes los pechos más bonitos que he visto en mi vida —afirmó sin dejar de mirarlos y sin dejar de acariciarlos, dibujando el contorno de cada uno de ellos como si tratara de memorizar hasta el último centímetro—. Son generosos, pero firmes. Y tienes los pezones duros y calientes. Es maravilloso.

Aquellas palabras desencadenaron una oleada de calor dentro de su cuerpo que la excitó aún más. Le tiró de la corbata hasta conseguir librarlo de ella.

–Déjame verte –le pidió mientras empezaba a desabrocharle los botones de la camisa.

Cuando por fin le quitó la chaqueta y la camisa, se encontró con un pecho suave y unos abdominales perfectamente marcados.

–Ahora ya estamos igual –le dijo él con voz ronca.

Volvió a besarla, entregándole la lengua una y otra vez mientras sus manos seguían acariciándole los pechos y después le levantó la falta para que pudiera ponerse a caballo sobre su pierna.

Kayla gimió encantada.

Y así sus movimientos fueron haciéndose más febriles y desesperados. El roce de su pierna en el interior de sus muslos, acompañada de la maravillosa sensación de notar su erección en la pierna la estaba volviendo loca.

Cuando creyó que ya no podría aguantar por más tiempo, oyó un susurro que le decía:

–Te deseo tanto.

Aquello la hizo volver a la realidad.

–No podemos –intentó apartarse de él, pero sus brazos no se lo permitían–. ¡Ni siquiera deberíamos habernos besado! Por el amor de Dios, estoy escribiendo un artículo sobre tu empresa. Tengo que ser imparcial –por no mencionar el hecho de que tenía una regla en contra de las aventuras esporádicas como aquélla; sencillamente, a las mujeres de su familia no les salían bien.

–Créeme –le dijo con gesto serio–, no creo que hayas tenido ningún problema para ser imparcial sobre mí en el pasado.

–No sé qué demonios me ocurre esta noche.

Noah la miró a los ojos.

–Yo te lo diré. Te ha afectado mucho ver a Bentley Mathison.

No le gustaba que lo supiera, y no quería hablar de ello. Le dio un ligero empujón con la intención de liberarse de sus brazos, pero lo que consiguió fue hacerle perder el equilibrio y lanzarlo hacia el sofá, arrastrándola consigo. Aterrizaron en el asiento el uno encima del otro. Sus senos contra su pecho, su erección entre sus piernas.

Kayla se quedó paralizada. Podía sentirlo en cada rincón de su cuerpo y era tan maravilloso. Hacía meses que no se acostaba con nadie y, ni siquiera entonces, había sido nada espectacular. A pesar de su aparentemente sofisticada vida, gran parte de su vida social se limitaba al trabajo.

Y sin embargo allí estaba, con Noah Whittaker, un rompecorazones, ex piloto de carreras, millonario playboy y miembro de una de las familias más importantes de Boston. Y estaba debajo de ella, en su sofá.

Dios. Levantó la cabeza y se encontró con sus increíbles ojos verdes.

–Si querías ponerte arriba, sólo tenías que decirlo –le dijo con una malévola sonrisa en los labios y después la besó.

Resultaba tan fácil responder a sus besos. Además, la gravedad jugaba en su contra. Lo único que tenía que hacer era relajarse, relajarse y dejarse llevar. Era tan fácil.

Noah hacía que todo pareciera muy natural. No era ni brusco ni rápido; sabía cómo moverse, cómo acariciarla. Hasta el punto de que Kayla apenas se dio cuenta de que su mano había alcanzado sus medias, levantándole la falda hasta llegar al interior de sus muslos y, por fin, a aquel lugar que lo esperaba húmedo y caliente.

Sintió sus dedos, delicados y hábiles, y todos sus

músculos se tensaron. No deberían estar haciendo aquello. Pero él provocaba una reacción en su cuerpo que ella era incapaz de frenar. Gimió al tiempo que apretaba las piernas como si quisiera atraparlo allí. Era una sensación tan deliciosa, tan peligrosa y, sí, tan prohibida.

–Déjate llevar, Kayla –le susurró al oído–. Déjate llevar.

Sí. El sonido grave de su voz fue el último empujón que la impulsó a liberarse... a alcanzar el clímax al que la habían llevado sus dedos, permitiéndole deshacerse de la tensión de la noche y dejándola débil y lánguida.

Dejó salir un suspiro y se sorprendió al notar que tenía lágrimas en los ojos. Apoyó la cabeza en el hueco de su hombro mientras él le acariciaba la espalda sin decir nada.

Le transmitía tanto alivio, tanta... ternura, y eso era lo último que habría esperado sentir con Noah.

–¿Estás bien? –le dijo con sólo un hilo de voz.

–Sí –respondió ella en el mismo tono. Pero en realidad no se sentía bien, nunca se había sentido tan desorientada. Muchas de las cosas que había dado por sentadas en su vida se habían venido abajo esa noche y ya no habría manera de devolverlas a su lugar.

Durante los siguientes días, Kayla tuvo mucho tiempo para pensar lo que había estado a punto de pasar en su apartamento el sábado por la noche y lo que, de hecho, había pasado.

Noah había derribado sus defensas y había podido ver lo que había tras ellas. Ya no había marcha atrás y sin embargo, no conseguía enfadarse con él. Ella también había visto algo nuevo de él que rara vez dejaba ver en público. Había sido increíblemente amable y comprensivo al ver el efecto que Bentley Mathison tenía en ella.

El problema era que, además de la paz que reinaba ahora entre ellos, había algo más íntimo entre ella y el objeto de su próximo artículo. Había roto la regla número uno del periodismo.

Y no podía olvidar que Noah era un maestro de la seducción, igual que lo había sido Bentley Mathison hacía veintiocho años.

No había duda, pensó mientras seguía a Noah por los pasillos de Whittaker Entreprises, tenía que establecer una norma inquebrantable: nada de besos, nada de caricias y, sobre todo, nada de orgasmos. Sólo con recordar el modo en el que había respondido a él el sábado, la invadía un extraño calor.

Tomó notas mientras Noah proseguía con su discurso sobre nanotecnología y muchas otras cosas al tiempo que recorrían la empresa y, de vez en cuando, se detenían a hablar con algún empleado. Todas las conversaciones incluían referencias a biomotores moleculares impulsados por protones, informática cuántica y cosas parecidas.

Por fin, Noah se paró a mirarla.

–¿Estás entendiéndolo todo?

–Sí –aseguró ella, levantando la mirada de la libreta.

–Muy bien –echó un vistazo al reloj–. Ya son más de las seis. ¿Te apetece que vayamos a cenar algo?

Kayla respiró hondo. Tenía que hacerlo.

–Lo siento, pero no puedo.

–¿Y mañana por la noche?

Negó con la cabeza.

Ya había tenido bastante con seguirlo durante el día mientras intentaba controlar los nervios y el hormigueo que sentía en el estómago siempre que estaba con él. Estando tan cerca de él, al ver la fuerza de sus intensos ojos verdes, se daba cuenta de la fuerza de su atractivo. Además, ahora que había disfrutado de su lado más tierno y cariñoso, había perdido su mejor defensa contra él. Y sin embargo, sabía que debía resistir.

—Muy bien, entonces pasado mañana.

Volvió a respirar hondo.

—Noah, no... no podemos. No estaría bien. Estoy aquí para escribir un artículo sobre tu empresa y no puedo ponerlo en peligro. Te agradezco mucho que estuvieras ahí cuando necesité ayuda durante la fiesta del sábado, pero lo que pasó después...

—¿No debería haber pasado?

—Exacto —resultaba tan difícil, sobre todo teniendo en cuenta que lo deseaba como una loca y que sabía que estaba loca por desearlo.

Se tomó su tiempo para responder.

—Debes saber que no me rindo fácilmente. El sábado por la noche surgió algo entre nosotros y, no sé tú, pero yo me inclino por seguir explorando hasta averiguar qué es.

Aquellas palabras la emocionaron a pesar de sí misma y de la vocecita que la advertía del peligro.

—Prometiste que me ayudarías con el artículo.

—Sí —sonrió con gesto travieso al tiempo que se inclinaba hacia ella—, pero no te prometí que no fuera a intentar seducirte.

De pronto se sintió como si la hubieran atrapado. Por lo que había podido comprobar, Noah era un maestro en el arte de la seducción y ella era débil. Muy débil.

—¿Cuánto tiempo te queda todavía para terminar la investigación?

—Dos semanas.

–Muy bien. Aprovecha esas dos semanas, pero después, preciosa... –le lanzó una mirada con la que habría podido derretir los polos–... prepárate porque, después de esas dos semanas, tú serás mi objetivo.

Debería haberle dicho que podía perseguirla cuanto quisiera, pero que ella no tenía la menor intención de rendirse, pero las palabras no querían salir. Era débil. Lo único que pudo decir fue:

–Pero la gente creerá que estábamos juntos mientras yo escribía el artículo, por mucho que lo neguemos. Lo estropeará todo.

Dio un paso hacia ella y puso ambas manos en la pared que había a la espalda de Kayla, de manera que la dejó atrapada entre sus brazos. Afortunadamente, ya era tarde y la mayoría de los empleados y se habían marchado.

–Deja que la gente piense lo que quiera –dijo, mirándola a los ojos–. Yo hace ya mucho tiempo que me acostumbré a hacer caso omiso de lo que dicen los demás.

–Pero...

Se inclinó a darle un rápido beso.

–Pero nada. ¿Vas a negar que te sientes atraída por mí?

Desgraciadamente, no podía negarlo. Y, si de ella dependía que no acabaran en la cama, tenían un gran problema.

A medida que pasaban los días, Noah intensificaba sus intentos de seducir a Kayla. Una noche la convenció para que cenara con él. Dos días después, de nuevo en Whittaker Enterprises, insistió en ir a tomar una copa después del trabajo. Fue diabólicamente persistente, pero como había hecho una promesa, no intentó nada... a pesar del enorme esfuerzo que le costó. Ahora que la había probado, deseaba más.

Sí, era periodista de cotilleo y él a menudo era el blanco de esos cotilleos. Pero también era una rubia guapísima y él era débil. Muy débil.

Y no era sólo eso, lo cierto era que le gustaba el reto que ella suponía. A veces había llegado a preocuparle perder alguna neurona cada vez que mantenía una conversación con Huffy, Fluffy, Buffy o cualquiera de las otras mujeres con las que solía salir. Recordaban el comentario que había hecho Kayla en la fiesta de lanzamiento del libro sobre su gusto en mujeres, y ahora estaba en condiciones de admitir que sus palabras habían tenido una buena dosis de verdad.

Pero siguió siendo paciente con ella. Desde la noche de la fiesta en la que se habían encontrado con Bentley Mathison, sabía que lo más importante para relacionarse con Kayla era ganarse su confianza. Ahora que conocía su verdadera relación con su padre biológico, comprendía el efecto que habría tenido aquel abandono en su visión de los hombres, especialmente de aquéllos que se parecían a él.

Así que prosiguió con la conquista sin vacilar pero sin prisas. El sábado por la tarde, consiguió que lo acompañara a un circuito de carreras al que a menudo iba a conducir sólo por diversión. Kayla había intentado poner objeciones, pero él había argumentado que dicha visita le daría una visión más completa de Noah Whittaker, el gurú de los ordenadores. Finalmente no le había quedado más remedio que aceptar, pero lo había hecho por motivos laborales.

Noah había ocultado la satisfacción de saber que lo acompañaría. Aunque sólo fuera por eso, al menos así podría tenerla cerca y se aseguraría de que ningún otro se acercaba a ella pues no pensaba permitir que otro hombre se aprovechara de su disponibilidad.

–¿Así que vienes aquí de vez en cuando para no perder la práctica? –le preguntó, ya en el circuito.

–Sí, pero no sólo para eso; es una buena manera de descargar tensiones. Me ayuda a concentrarme en otra cosa –no esperaba que comprendiese su amor por los coches de carreras. Y sin embargo le dijo–: ¿Quieres ver lo que se siente?

–¿Cómo? Yo pensé que estos coches eran sólo para una persona.

–Hay algunos *stock-cars* con dos plazas para los instructores –los *stock-cars* por fuera eran prácticamente como los coches normales.

–No sabía que corrieras *stock-cars* –dijo con curiosidad.

Noah se encogió de hombros y sonrió.

–A veces los pruebo en este circuito. Me gusta la variedad –añadió, metiéndose las manos en los bolsillos–. Bueno, ¿te atreves?

Lo miró unos segundos antes de decir.

–Claro, ¿por qué no?

–¿En serio? –no pudo ocultar su sorpresa.

–Esperabas que dijera que no –comentó con tristeza.

Vaya, vaya. Parecía que su querida periodista, por cierto –¿desde cuándo era *su querida* periodista?– no tenía miedo a los desafíos. Noah se dio cuenta de que eso era algo que también le gustaba de ella.

Unos minutos después, se echó a reír al verla con el casco.

–¿Cómo estoy para un desfile? –preguntó ella riendo también.

–¿Qué dirías si te dijera que muy sexy? –respondió él.

Se hizo un intenso silencio preñado de deseo reprimido.

–Seguro que el coche ya está listo –dijo ella, rompiendo el momento.

Aquello era grave. ¿Desde cuándo le parecía sexy una mujer con casco?

–Es tu última oportunidad de echarte atrás –le dijo cuando se disponían a subirse al coche–. Nadie te dirá nada si prefieres informar desde las gradas.

–De eso nada.

–Si me lo suplicas, pararé –le dijo bromeando.

–No creo que eso ocurra –replicó ella.

–Bueno, de todos modos siempre soy muy suave en la primera vez... que alguien se sube a un coche de carreras.

Sin dejar de reír, Kayla se ajustó el casco y se preparó para la aventura.

La experiencia fue como siempre era para él; lo mejor del mundo después del sexo. Puso el coche a más de doscientos kilómetros por hora y estaba tan concentrado en el asfalto y en controlar el coche, que todo lo demás desapareció a su alrededor. No fue hasta quince minutos después que miró a Kayla. No sabía muy bien lo que había esperado ver en su rostro, pero desde luego no era la enorme sonrisa con la que lo saludó al detener el coche. Parecía entusiasmada.

–¡Es increíble! –exclamó, todavía con el casco en la mano.

No dejaba de sonreír. Ni una sola de las mujeres con las que había salido había mostrado el menor interés en los coches y menos aún en montar en uno. Sólo ponerse el casco les habría estropeado el peinado, pero parecía que Kayla estaba hecha de otra pasta.

–¿Estás segura de que no eres adicta a la velocidad? –bromeó él.

Ella levantó una ceja.

–Ah, ¿no te lo había dicho? Me encanta la montaña rusa. Supongo que es de las pocas cosas que olvidó contarte Samantha.

Aquella sonrisa iba a acabar con él. Era un tremendo esfuerzo mantener las manos lejos de ella. Quería hacerle el amor una y otra vez y hacerla suya.

Era una locura sentir tal excitación sólo porque le gustase la velocidad, pero así era.

Afortunadamente, sabía que los días de las duchas frías estaban contados. Pronto acabaría la semana y media que quedaba y Kayla anunciaría que disponía de información suficiente para escribir su artículo.

–¿De verdad? –dijo Noah con toda la normalidad que pudo el día que Kayla le dijo que ya no volvería a visitar Whittaker Enterprises.

–Sí –confirmó ella–. El artículo saldrá en la edición del jueves. Quiero darte las gracias por tu cooperación.

Por el modo en el que había dicho esas últimas palabras, Noah no pudo evitar mirarla a los labios. Quería besarla. Inmediatamente. Había sido muy paciente, pero su autocontrol empezaba a flaquear.

–No te preocupes –murmuró con la mente en otra parte.

Kayla cambió de postura, de repente parecía nerviosa.

–Todo el mundo ha sido muy amable.

–Espero que tengas información suficiente sobre la nanotecnología y su aplicación.

Ella asintió.

–La bastante como para saber que estáis a punto de crear algo muy importante.

Él asintió.

–Sí, será magnífico cuando por fin podamos lanzar un superordenador portátil.

Sabía que la conversación comenzaba a rozar la estupidez, pero ninguno de los dos parecía poder dejar de hablar. De pronto se le ocurrió una magnífica idea.

–¿Sabes? El equipo de desarrollo acaba de lanzar un nuevo PDA y la empresa los ha premiado con un viaje a las Islas Caimán para celebrar la salida al mercado –al ver que levantaba las cejas, Noah sonrió–. Sí, tratamos muy bien a nuestros empleados. No nos queda más remedio, hay mucha competencia y no queremos perderlos.

–Ya –murmuró Kayla, seguramente se preguntaba adónde quería llegar.

–Deberías venir con nosotros. Será un buen final para tu historia y, quién sabe, quizá obtengas material para otro artículo.

No tenía que añadir lo que ambos sabían: ahora que el artículo estaba casi listo para ser publicado, había acabado la espera y ella se había convertido en el objetivo de Noah. Si lo acompañaba a las Islas Caimán, lo normal era que acabaran acostándose juntos.

–No sé...

–Puedes estar segura de que no va contra ninguna ética profesional –siguió engatusándola–. Hemos reservado billetes de sobra.

No parecía muy segura, así que cambió de táctica.

–He reservado una suite en el hotel. Tiene dos dormitorios y dos baños –no hacía falta que dijera lo más obvio: no la presionaría para que se acostara con él, pero si se presentaba la oportunidad...

–Viajas a todo lujo, ¿no?

Noah se encogió de hombros y admitió:

–Es una de las ventajas de mi trabajo.

Hizo una nueva pausa.

–Está bien.

Al mirarla a la cara, a aquellos profundos y enormes ojos castaños, supo que detrás de esas dos palabras había un millón de posibilidades y tenía la intención de explorar todas y cada una de ellas.

Capítulo Ocho

Las Islas Caimán. Habían aterrizado en el aeropuerto de Grand Cayman poco después del mediodía. Desde el momento que Kayla había puesto el pie fuera del avión, todo había sido sol y diversión. Diversión bajo el sol junto a Noah Whittaker. Aún no podía creer que hubiera aceptado ir con él.

Noah había reservado la suite del ático de uno de los mejores complejos hoteleros de la isla, situado en la conocida playa de Seven Mile. La vista desde el balcón de la suite era impresionante; el interminable océano se extendía frente a sus ojos con todo su brillo durante el día y, Kayla suponía que con todo su maravilloso misterio durante la noche.

Ahora que observaba el biquini que había elegido, se preguntaba si había sido siempre tan pequeño o acaso había encogido durante el vuelo.

Al retirarse del espejo volvió a fijarse en la enorme cama de matrimonio que presidía la habitación. Desde el momento que había aceptado la invitación de Noah había sabido que acabarían allí juntos. Él sin embargo no la había presionado en absoluto; de hecho se había instalado en la otra habitación sin hacer el más mínimo comentario. Pero Kayla sabía que acabarían haciendo el amor con la misma seguridad con la que sabía que el sol saldría cada mañana.

—¿Preparada? —preguntó Noah desde el cuarto de estar, provocándole un sobresalto.

Respiró hondo.

–Sólo un minuto.

Se envolvió en un pareo y agarró el bolso de playa. Tan pronto como salió de la habitación, desapareció cualquier inseguridad que pudiera tener.

–¡Vaya! –exclamó Noah mirándola de arriba abajo.

Ella se echó a reír con nerviosismo. Sólo llevaba puesto un bañador y su aspecto le aceleró el pulso. Se llevó las manos a la cabeza y comenzó a moverlas de un modo extraño.

–¿Qué haces? –le preguntó ella.

–Preguntándome si podré volver a moverme.

Kayla volvió a echarse a reír, pero esa vez mucho más relajada.

–Vámonos –dijo, tendiéndole la mano.

Y ella la aceptó.

Esa tarde pasearon por la playa y disfrutaron de una increíble puesta de sol antes de cenar en uno de los mejores restaurantes de la isla. A Kayla le encantó la comida caribeña, que tanto énfasis hacía en los condimentos y en productos tan deliciosos como el coco, el plátano o el camote o boniato.

Esa noche, cayó agotada en la cama y se quedó dormida antes incluso de que su cabeza aterrizara en la almohada, con lo que se ahorró tener que tomar una decisión sobre si acostarse con Noah o no.

A la mañana siguiente, se despertaron temprano y Noah se metió con ella por haberse quedado dormida tan rápido la noche anterior.

–¿Qué vamos a hacer hoy? –preguntó Kayla, evitando tener que darle una respuesta a su comentario.

–Lo que quieras. Soy todo tuyo.

Eso era precisamente lo que ella temía. Y sin embargo acabó pasándolo en grande. Durante la mañana fueron a bucear por los arrecifes cercanos y después alquilaron una moto de agua; Kayla se aferró a la cintura de Noah mientras el viento le acariciaba el pelo y surcaban el mar a toda velocidad. Por la tarde eligieron volver a bucear, pero esa vez sin oxígeno, sólo con el tubo. Fue maravilloso bucear a su lado y ver los peces que él le señalaba.

Seguramente no debería haberle sorprendido que Noah fuese tan activo; tenía el cuerpo fuerte y musculado de un atleta. La única sorpresa era que combinaba la actividad física con su carrera de genio de los ordenadores y con la vida social de un playboy. A medida que avanzaba el día, Kayla se adentraba más y más en la contradicción que suponía Noah Whittaker. Definitivamente, había sido muy injusta con él al centrarse en un aspecto de su vida y plasmarlo en sus artículos. Ahora comenzaba a darse cuenta de la cantidad de facetas y capas que se escondían tras esa despreocupada fachada.

Después de tanta actividad, Kayla empezó a burlarse de él y a preguntarle si alguna vez dormía. Su respuesta fue tan cómica e ingeniosa como cabía esperar de él:

—Según tus artículos, paso la mayoría del tiempo en la cama.

Lo único que pudo hacer Kayla fue sonrojarse y recordarse a sí misma no volver a darle pie para entrar en tan peligroso terreno.

A pesar de toda la diversión, en varios momentos del día, no pudo evitar recordar lo que Ed le había dicho sobre esos supuestos negocios fraudulentos que podrían estar relacionados con Noah y con las Islas Caimán. Por supuesto, no había encontrado ningún tipo de prueba o sospecha y, cuanto más conocía a Noah, más convencida estaba de que tal relación no existía. Aun así, su mente seguía dándole vueltas a la idea y pensando que, si hubiera algo oscuro en sus negocios, aquél era el momento de descubrirlo.

Al mismo tiempo, sabía que sería difícil averiguar nada dado el secretismo con el que se protegía a las empresas de las islas. Seguramente no podría obtener ningún tipo de relación a menos que entrara en los archivos del gobierno por medio de sobornos, insinuaciones o mentiras. Y eso significaría mentir también a Noah para poder escaparse unas horas.

Lo cierto era que resultaría bastante complicado y, sobre todo, no parecía existir motivo alguno para intentarlo siquiera: Noah le había proporcionado un artículo estupendo sobre Whittaker Enterprises. Había cumplido con creces su parte del trato. Y, gracias a él, aquel artículo sería suficiente para darle un nuevo rumbo a su carrera.

Así pues, debería relajarse y disfrutar de las atenciones de un tipo guapísimo, como Samantha le había aconsejado. Y, si era sincera consigo misma, debía admitir que Noah era el hombre más fascinante que había conocido en su vida. De hecho cada vez le resultaba más difícil mantener las manos alejadas de él; especialmente ahora que se pasaba el día viéndolo en bañador.

En las últimas semanas, se había sumergido de lleno en el mundo de Noah y no le había disgustado en absoluto. En realidad no era tan malo como ella había creído.

Cuando volvían en el barco después de bucear, Noah volvió a mirar a Kayla. Incluso con aquel traje de neopreno y el pelo aplastado estaba preciosa.

Había hecho todo lo que había podido para mantener las manos alejadas de ella durante todo el tiempo que llevaban en las islas pues no quería presionarla. El problema era que la extraña sensación que notaba en la boca del estómago se intensificaba a medida que se aproximaba la noche. Además, ella no había dado la menor muestra de sentirse tan reprimida y frustrada como él.

–¿Qué te gustaría hacer el resto del día? –le preguntó una vez en tierra.

Rezó para que sugiriera algo movido como el esquí acuático, cualquier cosa que lo ayudara a liberar parte de su tensión sexual.

–¿Qué? –preguntó con fingida sorpresa–. No me digas que no has hecho ningún plan para hacer windsurf o saltar en paracaídas. Quedan muchísimos deportes que todavía no hemos practicado.

Cierto. A él se le ocurría uno en el que se necesitaba una cama, dos cuerpos desnudos y con el que se liberaba mucha tensión.

–No. ¿Tú qué quieres hacer? –preguntó, en lugar de decir en voz alta sus pensamientos.

Suponía que no había la menor posibilidad de que le leyera la mente y dijera «¡Estupendo! Eso es precisamente lo que estaba pensando. Vamos a la cama».

Kayla lo miró unos segundos durante los cuales parecía estar ponderando diferentes posibilidades y que le hicieron llegar a dudar de si había dicho en voz alta lo que había pensado o quizá había leído algo en la expresión de su rostro.

Apartó la mirada. ¿Era su imaginación o parecía incómoda?

Por fin volvió a mirarlo.

–Vamos de tiendas a Georgetown.

–Muy bien –dijo, fingiendo cierto entusiasmo hacia la idea.

Ya en el coche que habían alquilado en el aeropuerto, se fijó en que Kayla había estado muy callada, incluso apagada, desde que habían salido del hotel; no, en realidad desde que habían vuelto de bucear.

Perplejo y muy impaciente, Noah decidió preguntarle directamente en cuanto pararon en un semáforo.

–¿Qué te ocurre?

–Quiero hacer el amor contigo –soltó ella a bocajarro e, inmediatamente después, se llevó la mano a la boca. Parecía horrorizada por las palabras que acababan de salir de su boca.

Noah sintió como si acabaran de darle un martillazo en la cabeza, pero trató de parecer tranquilo... como si no llevara semanas esperando ese momento... como si no acabara de encontrar un oasis en mitad del desierto.

Pero entonces otro pensamiento irrumpió en su mente, algo que lo hizo gruñir y darle un cabezazo al volante.

–¿Qué? –preguntó con perplejidad.

–¿Acabas de darte cuenta? –su voz salió a un volumen extremadamente alto incluso para sus propios oídos–. ¿Por qué no lo has dicho hace cinco minutos, cuando estábamos en el hotel a sólo unos pasos del dormitorio?

Kayla no dijo nada, pero él se incorporó en el asiento y apretó el acelerador.

–¿Qué haces?

–Voy a hacer un giro ilegal. Vigila que no haya policía.

De sus labios salió una sonora carcajada.

Bueno, pensó Noah, al menos había desaparecido la tensión. Ahora sólo necesitaba llegar a la habitación antes de perder el poco autocontrol que le quedaba; su confesión de que lo deseaba no había hecho más que empeorar su situación ya de por sí bastante delicada y estaba al límite.

De reojo vio que Kayla estaba metiéndose la mano por el cuello de la blusa.

–Me encantaría que empezaras a desnudarte aquí mismo –comenzó a decirle con gesto travieso–, pero creo que hay leyes contra el escándalo público.

–¡No seas tonto! –protestó ella sin poder reprimir otra carcajada–. Sólo me estoy colocando el biquini; las copas se me mueven.

–Muy bien, encima dime esas cosas y acabarás matándome.

Volvió a reírse.

–Date prisa.

–¿Y qué crees que estoy haciendo?

Kayla estaba asombrada de lo que sentía. Si no hubiera estado tan desesperada, se habría reído de sí misma. Noah se había quedado de piedra al oír aquellas palabras que habían salido de su boca como un torrente. Su imprudente reacción había sido más que suficiente para disipar cualquier duda que pudiera tener Kayla de lo que opinaría de su declaración.

Desde que habían llegado a aquella isla, había esperado que él diera el primer paso y, en algunos momentos, había estado tan impaciente, que a punto había estado de gritar. ¿Podría alguien culparla por dar un paso al frente y decir lo que deseaba?

Volvió a mirarlo mientras conducía, parecía igual de desesperado por llegar. Apenas podía creer que hubiera llevado al poderoso Noah Whittaker al borde de sí mismo. Y pensar que hacía no demasiado tiempo, ni siquiera habría podido imaginar desear tanto a aquel hombre.

Soltó una risilla nerviosa.

–¿Qué te resulta tan divertido? –le preguntó, apartando los ojos de la carretera tan sólo un segundo.

–Tú –dijo ella–. Conduces como si tu vida dependiera de ello.

–Ríe mientras puedas –advirtió en tono retador–. Muy pronto, estarás reaccionando de un modo muy diferente.

–Promesas, nada más que promesas –replicó Kayla a pesar de sentir cómo se le sonrojaban las mejillas.

Justo cuando llegaban al hotel, Noah volvió a mirarla.

–No recuerdo la última vez que deseé a alguien de una manera tan desesperada.

El corazón le dio un vuelco al oír aquello.

–Yo tampoco.

Una vez dentro del hotel, atravesaron el vestíbulo a toda prisa y se metieron en el ascensor como dos adolescentes. Y, ya en la habitación, Noah echó el cerrojo de la puerta, le dedicó una lenta sonrisa y la acorraló contra la pared... y empezó a devorar su boca sin perder más tiempo.

Ella suspiró encantada. Olía a sol, arena, viento y masculinidad.

Tomándole el rostro entre las manos, la obligó a mirarlo y Kayla no pudo por menos que volver a recibir su boca con los labios entreabiertos, para que su lengua se sumergiera en ella a placer.

Nada era suficiente. El besó fue adquiriendo más y más pasión, más y más urgencia. Ella se apretaba contra su cuerpo, se amoldaba a sus formas. Cuando levantó el rostro, fue sólo para darle miles de besos en los labios, en los párpados y en el cuello.

–¿Sabes lo difícil que me ha resultado mantener las manos lejos de ti hasta ahora? —murmuró él con voz ronca.

—¿Entonces por qué lo has hecho? —dijo Kayla sin abrir los ojos.

La risa de Noah llevaba implícita una burla de sí mismo.

—Trataba de demostrarte que era digno de confianza.

Le resultaba muy difícil seguir pensando mientras notaba su mano en el pecho, acariciándola a través de la tela de la blusa y del biquini.

—Mmmm —farfulló abriendo los ojos—. Sedúceme y te diré si cumples mis más malévolas expectativas.

—¿Me estás desafiando? —le preguntó al oído.

—Sí —se limitó a decir ella—. Adelante.

Noah reprimió una carcajada.

—Creo que nunca me había reído tanto intentando llevarme a una mujer a la cama.

—Yo tampoco —intentó hablar con lógica—. Quiero decir, intentando llevarme a un hombre a la cama.

En realidad, no recordaba haberle pedido nunca a nadie que le hiciera el amor, ni haber intentado seducir a alguien de ese modo, pero tampoco iba a ponerse a darle tantos detalles. Sobre todo en aquel momento en el que Noah estaba concentrado en desabrocharle los botones de la blusa, que acabó en el suelo en sólo unos segundos después de que él se quitara la camiseta.

Kayla se entretuvo en mirar aquella deliciosa imagen que se le había hecho tan familiar en las últimas cuarenta y ocho horas y que por fin podía observar descaradamente en lugar de lanzarle rápidas miradas robadas. Recorrió con las manos su piel suave y morena.

–Llevaba queriendo hacer esto desde ayer –murmuró extasiada.

–¿El qué?

–Tocarte.

–Pues tócame.

Por debajo de la cinturilla de sus pantalones, su erección resultaba más que evidente y ella no dudó en acariciarla.

–Dios, Kayla –dijo él con un hilo de voz–. No sabes cuánto te deseo.

Después de dedicarle una ardiente mirada, Noah se desabrochó los pantalones y los dejó caer al suelo, de manera que su cuerpo quedó cubierto tan sólo por el bañador. E hizo lo propio con la falda de Kayla, pero todavía quedaba el biquini.

–Este biquini lleva torturándome todo el día.

Jamás se había sentido tan sexy como en aquel momento, sabiendo que él la deseaba con todas sus fuerzas. Hasta entonces, nunca se había considerado el tipo de mujer capaz de volver loco a los hombres. Sabía que no era fea y que el pelo rubio la convertía en el ideal de muchos, pero siempre había sido demasiado seria como para que nadie la viera como un bombón.

Sin embargo Noah la hacía sentir gloriosamente sexy.

Le cubrió los pechos con las manos y sus dedos acariciaron los pezones endurecidos por la excitación incluso bajo la tela del biquini. Un gemido salió de sus labios y cerró los ojos al sentir aquel delicioso cosquilleo entre los muslos.

–Mírame –le pidió con una voz profunda y ansiosa–. Quiero que me mires mientras te hago el amor.

Se obligó a enfocar la vista, a observar su rostro, tenso de placer. Noah inclinó la cabeza y poseyó su boca una vez más mientras sus manos exploraban cada centímetro del cuerpo prácticamente desnudo de Kayla.

–Tienes la piel suave y tersa.

–Es por la crema.

–¿Otra vez? –preguntó él con una nueva carcajada que desapareció cuando su mano alcanzó el lugar donde se unían sus piernas–. Está húmedo –le susurró al oído.

Kayla volvió a cerrar los ojos. No podía más. La hacía sentir algo increíble. Sus caricias eran seguras, hábiles... peligrosas.

–Y tiene un ligero bronceado.

–¿Mmmm?

Volvió a oír su risa.

–Tu piel. Es preciosa, como el resto de tu cuerpo.

Abrió los ojos de nuevo.

–Es por mis raíces cubanas... gracias a mi abuela. En cuanto me pongo al sol, me bronceo –dijo, haciendo un esfuerzo por no perder el control mientras él seguía besándola en los lugares más insospechados.

–Recuérdame que le dé las gracias a tu abuela –susurró cubriendo de besos su cuello al tiempo que le agarraba las nalgas.

Ella se pegó a él, arrancándole un gemido con ese sólo movimiento.

–Noah...

–¿Me has llamado? –preguntó completamente ausente.

–Sí –y volvió a cerrar los ojos para sumergirse en un nuevo beso.

No sabía cuánto podría aguantar. No recordaba haber deseado tanto nadie.

–¿Ahora, preciosa? –le preguntó por fin.

–Sí, sí –insistió ella, deseosa de unirse a él, de conocerlo a fondo–. Te necesito.

En menos de un segundo la liberó de la parte de arriba del biquini para, acto seguido, recorrer sus pechos desnudos con los labios y con la lengua. Kayla tuvo que apoyarse en la pared en busca de apoyo, pero el alivio duró poco.

Noah se puso recto y coló una mano por la braguita del biquini para despojarla de la última prenda que cubría su cuerpo. También se quitó el bañador y la obsequió con la maravillosa visión de su erección.

Kayla se humedeció los labios con la lengua. Él gruñó y luego rió.

Lo miró deleitada mientras se acercaba a la mochila que había dejado en la mesa de la entrada y de la que sacó un preservativo.

–Déjame a mí –le pidió ella, que se moría por tocarlo.

–Cariño...

Pero no le dejó protestar, le puso la mano sobre la boca y después le colocó el preservativo con una suavidad que lo obligó a respirar hondo.

–Ya está –susurró ella, mirándolo a los ojos pero sin dejar de acariciarlo.

–Aún no hemos empezado siquiera –volvió a acorralarla contra la pared–. Bueno, ¿dónde estábamos?

Kayla soltó una risilla juguetona.

–¿No te acuerdas? –le preguntó mientras fingía huir de él.

–Parece que voy recuperando la memoria.

Se rieron juntos mientras Noah la perseguía hasta el dormitorio. Acabaron tumbados en la cama, él encima de ella.

–Dios –murmuró él, sintiendo aquel precioso cuerpo pegado al suyo–. Tengo que hacerte mía.

–Hazlo –le suplicó casi sin aliento.

Y eso hizo. Ambos soltaron un gemido cuando

Noah se sumergió dentro de ella y sus cuerpos comenzaron a moverse en perfecta armonía.

Aquello era una maravilla.

—Ay, Kayla —susurró él, completamente extasiado—. Preciosa...

El ritmo fue subiendo hasta que el placer se hizo casi insoportable y sus cuerpos estaban empapados en sudor, entonces Kayla se aferró a él y se dejó llevar hasta lo más alto gritando su nombre.

Con un profundo rugido, Noah la siguió en aquella explosión que era el éxtasis más absoluto. Después, cayó rendido sobre ella.

Capítulo Nueve

A la mañana siguiente, Kayla despertó sintiéndose deliciosamente satisfecha, gloriosamente dolorida y amada. Eso último fue lo que la sobresaltó.

¿Amor?

Se incorporó de golpe en la cama y miró a Noah, que seguía dormido ocupando la mayor parte de la cama.

Sí, amaba a Noah. Y no porque acabara de darle la mejor noche de su vida, aunque sin duda era un factor importante. Pero en realidad era porque había escalado y traspasado todas las murallas con las que ella había protegido su corazón. Bajo la imagen de playboy despreocupado había un hombre que nunca dejaba de sorprenderla y desafiarla. Un hombre increíblemente inteligente, divertido y conmovedoramente atento.

Esa última cualidad se había hecho patente la noche que se habían encontrado con Bentley Mathison. Ella se había sentido vulnerable y triste, y Noah había estado allí para apoyarla y consolarla.

Lo vio moverse, abandonar lentamente el mundo de los sueños.

—Hola —susurró cuando hubo abierto los ojos. Parecía algo tan insignificante teniendo en cuenta que su corazón parecía a punto de estallar por culpa del increíble descubrimiento: «Te amo».

—Hola —respondió con una sonrisa y tirando de ella para abrazarla.

Kayla intentó escapar de él entre risas, pero no tardó en rendirse a sus besos. Al incorporarse un poco en busca de aire, vio la hora en el despertador que había en la mesilla. Las once.

–Se nos está escapando el día en la cama –protestó ella.

–No se me ocurre mejor manera de pasar el día.

Había pasado más de una hora cuando por fin se levantaron.

Mientras Noah se duchaba y se afeitaba, ella fue al cuarto de estar en albornoz con la intención de servirse un zumo de los que había en la pequeña nevera. Tenía un hambre atroz.

Al pasar junto a una consola del cuarto de estar, vio dos sobres y no pudo evitar fijarse en que ambos iban dirigidos a Noah, marcados como privados y el remitente de uno de ellos era el registro de empresas de las Islas Caimán.

Se le aceleró el pulso y, en contra de sí misma, apartó unos centímetros el primer sobre para leer lo que había escrito en el de debajo; lo enviaba un despacho de abogados de Grand Cayman.

Su cerebro recordó inmediatamente las palabras de Ed sobre esa misteriosa empresa relacionada con Noah. «Una historia así prácticamente te garantizaría el puesto que quisieras».

Los dos sobres parecían llamarla a gritos.

Pegó un saltó al oír el timbre del teléfono. Contestó desde el aparato que había sobre la misma consola.

–¿Sí?

Al otro lado se oyó una risilla.

–Vaya, vaya. Había oído el rumor pero, he de confesar, que no acababa de creerlo.

Kayla reconoció la voz inmediatamente.

–¿Qué quieres, Sybil?

Sabía que había sido muy brusca, pero no le importaba. La esponjosa nube sobre la que había despertado de pronto ya no era tan maravillosa y no podía evitar que le molestara la intrusión de Sybil.

–Bueno –respondió la periodista–. No hace falta que te pongas así.

Kayla supuso que Sybil habría llamado al hotel preguntando por la habitación de Noah Whittaker, con la mala suerte de que había contestado ella.

–Sólo he llamado para confirmar lo que me ha contado un pajarito –continuó diciendo Sybil–... Tú y nuestro querido Noah pasando unas románticas vacaciones en un paraíso tropical. Es encantador –al ver que Kayla no decía nada, Sybil se echó a reír–. No quiero molestar. Sólo quiero desearte lo mejor, querida –bajó la voz hasta adoptar un tono confidencial–. Claro que estoy segura de que estás en buenas manos. Noah tiene fama de ser un magnífico amante.

Kayla respondió enfadada:

–¿Está llamada tiene algún propósito... al margen de intercambiar conjeturas absurdas?

Cuando Sybil volvió a hablar, su voz sonaba más fría y cargada de una pena impostada.

–Kayla, querida. Es sólo que me sorprende mucho que estés en las Islas Caimán con Noah. Era lo último que habríamos esperado después de lo que él dejó caer hace poco.

–De acuerdo... ¿qué es lo que dejó caer? –nada más hacer la pregunta, se arrepintió de hacerlo.

–Sólo que no eres más que su última aventura. Verás, yo pensé: ¿no sería encantador que Noah acabara sentando la cabeza con su vieja enemiga de la prensa? Pero, no –dijo con un suspiro–. Noah me corrigió de inmediato. Se rió y aseguró que el día que decidiera ir en serio contigo sería también el día que empezara a darme información sobre su vida privada –volvió a soltar aquella molesta risilla–. ¿No te parece que es un diablillo?

Kayla se quedó helada. Deseaba reírse con ella, quería demostrar su indiferencia. Y sin embargo, no podía hacer otra cosa que sentir un terrible dolor en el pecho.

–Lo siento, Sybil. Tengo que dejarte –y colgó.

Se quedó mirando el teléfono más de un minuto. Era una tonta. Un caso de ingenuidad extrema.

Empezó a caminar por la habitación; se sirvió un poco de zumo, miró por la ventana... pero no se enteraba de nada. Aquella mañana había vivido una fantasía al creer que estaba enamorada, debería haberle pedido a alguien que le insuflara un poco de sentido común.

Noah y ella habían hecho un trato y, aparte de aquel magnífico encuentro sexual, él no se había salido de lo acordado en ningún momento. El problema era que ella le había dado demasiada importancia a lo que había surgido entre ellos, ¿acaso no sabía que los soñadores siempre salían perdiendo en el juego del amor?

Había oído la historia de su madre un millón de veces y sin embargo había caído prácticamente en la misma trampa: se había engañado hasta el punto de creer que un hombre rico la deseaba para algo más que una aventura. Su madre había aprendido una dura lección al ser rechazada por el padre biológico de Kayla y ahora estaba a punto de pasarle lo mismo a ella.

Parecía mentira que no hubiera aprendido nada de su historia familiar y de la incapacidad de su padre biológico de afrontar siquiera su existencia.

Volvió a detenerse junto a la consola en la que descansaban los sobres. Era tonta por dudar si abrirlos o no. ¿No quería ser una periodista aguerrida? ¿Qué periodista dejaría pasar una oportunidad como aquélla? Desde luego no una que estaba a punto de ser abandonada. Desde luego ella no.

Sacó los papeles que había dentro del primer sobre, asegurándose a sí misma que, en cuanto tuviese la bastante información, hablaría con Noah frente a frente. El contenido del primer sobre incluía copias de un memorando y de los estatutos de asociación de una empresa llamada Medford, cuyo único accionista era Noah Whittaker.

En el segundo sobre, descubrió una carta de explicación dirigida a Noah en la que se le comunicaba que se había presentado una declaración de la renta de la empresa en la que se declaraban unos gastos de miles de dólares destinados a los beneficiarios correspondientes.

Volvió a estudiarlo todo sin salir de su perplejidad, intentando reconstruir aquel rompecabezas... hasta que un ruido la alertó de que ya no estaba sola.

Levantó la cara y se encontró con Noah, que la miraba frunciendo el ceño.

Noah no recordaba la última vez que se había sentido tan bien como aquella mañana. La noche que había pasado con Kayla había sido genial. No, más que eso. Habían hecho el amor, se habían dormido y, al despertar, habían vuelto a hacer el amor... una y otra vez. Había sido fantástico.

Por eso, al salir del dormitorio, le resultó tan difícil asimilar lo que tenía delante: Kayla lo miraba con gesto culpable, tenía unos papeles en la mano y se encontraba junto a la consola en la que él había dejado su correspondencia el día anterior.

Dios. La sonrisa desapareció de golpe.

–¿Qué estás haciendo? –preguntó a pesar de que ya suponía lo que tenía entre manos, pero seguía esperando que ella lo negara.

Kayla levantó la barbilla en un gesto desafiante.

–Debería hacerte la misma pregunta –le mostró el papel que tenía en la mano–. ¿Qué es esto?

–¿Has mirado mi correo? ¿Estabas fisgoneando entre mis cosas?

¿Cuántas veces tendría que soportar que invadieran su intimidad? Había tenido que aguantar que los fotógrafos utilizaran sus mejores teleobjetivos para sacar el interior de su coche, o que los periodistas entraran en los restaurantes donde él había cenado para preguntar al resto de los comensales qué había comido o de qué había hablado.

–Soy periodista, ¿recuerdas? –respondió con frialdad–. Fisgonear es parte de mi trabajo.

¿Qué demonios le ocurría? No parecía la misma mujer que había tenido en sus brazos la noche anterior. Ahora se comportaba como esos compañeros de profesión suyos que tanto le amargaban la vida. De hecho, ella misma había estado amargándole la vida hasta hacía muy poco tiempo.

–¿Qué significa eso? –preguntó al tiempo que le arrancaba el papel de las manos. Enseguida se dio cuenta de que era la carta de su abogado y tuvo que hacer un esfuerzo para calmarse. Nadie debía conocer la existencia de Medford ni su relación con él. Se había tomado muchas molestias para que así fuera.

–¿Tú qué crees que significa, Noah? ¿Acaso esperabas que dejara a un lado mis instintos de periodista sólo porque tú hubieras decidido que te apetecía divertirte conmigo un rato en el Caribe?

Aquello lo dejó de piedra.

–Discúlpame por creer que pondrías la lealtad

a un amigo... o a un amante por delante de tu ambición.

Ella se echó a reír sarcásticamente.

–¿Lealtad? ¿Qué sabes tú de eso?

–Lo bastante para creer que estarías satisfecha con nuestro trato y con la historia que te he proporcionado –replicó él, agarrando el resto de la correspondencia–. Pero, evidentemente, estaba equivocado.

–Supongo entonces que tu concepto de lealtad es lo bastante flexible para aceptar tu filosofía de donjuán.

–¿De qué hablas?

–Sybil LaBreck llamó hace un rato –dijo como si eso lo explicara todo.

–¿Y? –se quedó pensando unos segundos–. ¿Cómo demonios sabía que estamos aquí?

–Los periodistas tenemos nuestros métodos.

–No hace falta que lo jures.

–Se ha alegrado mucho de que yo contestara al teléfono de una habitación que está a tu nombre porque eso confirmaba los rumores de que hay algo entre nosotros. Se ha quedado... ¿qué palabra ha utilizado?... «sorprendida» –añadió con acidez–. Después de todo, tú le habías dicho que el día que decidieras ir en serio conmigo sería también el día que empezaras a darle información sobre tu vida privada.

Recordaba vagamente haber hablado con Sybil la noche de la gala benéfica. Ella se había puesto muy pesada haciéndole preguntas sobre Kayla. Y recordaba también que le había dado una contestación tajante para poder librarse de ella. Una contestación que le estaba saliendo muy cara.

No obstante, no iba a tratar de explicarle a Kayla que había hecho aquel comentario medio en broma y sólo con la intención de que Sybil lo dejara en paz. No podía hacerlo después de que ella acabara de demostrarle que no confiaba en él. No había confiado en él lo suficiente como para darle opción a explicarse. Si hubiera confiado en él, no habría leído su correspondencia privada.

Era evidente que para ella era más importante conseguir una buena historia que los sentimientos que pudiera haber entre ellos.

Lo cierto era que, dada su experiencia con la prensa, había sido un estúpido por creer que ella sería diferente sólo porque la noche anterior hubieran hecho que temblara la tierra.

–¿Quieres saber qué son estos papeles? –le preguntó y, al ver que ella no decía nada, continuó hablando–: Pues voy a decírtelo, son los peores diez segundos de mi vida.

Parecía desconcertada.

–El accidente que ojalá pudiera borrar de mi vida –aclaró Noah.

–Pero esos papeles hablan de una empresa llamada Medford.

–Exacto. La compañía que creé con el único propósito de mantener a la familia de Jack después del accidente.

–Pero eso es estupendo...

Le dio una perversa satisfacción verla tan perpleja.

–¿Te decepciona no haber descubierto ningún escándalo? ¿Acaso creías que no sabía que se rumorea que tengo una empresa en un paraíso fiscal, a pesar de todos los esfuerzos que he hecho para que nadie pudiera relacionarme con Medford?

–¿Pero por qué crear una empresa así en las Islas Caimán? ¿Por qué esconder algo tan generoso sabiendo que...?

–¿... que todo el mundo daría por hecho que estaba haciendo algo malo? ¿Era eso lo que ibas a decir? –dijo, encogiéndose de hombros–. No quería que la familia de Jack supiera quién los estaba ayudando.

–¿Por qué?

Estaba presionándole a dar respuestas para las que no estaba preparado. Tenía la terquedad propia de una periodista, una actitud que en ese momento le resultaba de los más irritante.

–Porque prefería que fuese así, ¿te parece bien así? –añadió sarcásticamente.

Kayla lo miró con los ojos abiertos de par en par.

–Arrastras demasiada culpabilidad, ¿verdad? ¿Te culpas del accidente?

–¿Qué es esto, una sesión de psicología barata?

Habría jurado que vio el dolor reflejado en el rostro de Kayla. Bueno, ya eran dos los que estaban sufriendo.

–Sólo preguntaba.

–No, preguntabas y fisgoneabas –aquella traición era como un cuchillo que le hubiesen clavado en el pecho. Estaba dispuesta a venderlo por un momento de gloria periodística. Al infierno.

Le dio la espalda abruptamente.

–¿Adónde vas? –preguntó ella.

–A hacer las maletas –respondió tajantemente, sin siquiera mirarla. De todos modos, se suponía que aquél sería su último día en las islas, así que lo único que iba a hacer era salir un poco antes–. Fue bonito mientras duró, pero se acabó, preciosa.

Noah iba de un lado a otro de su despacho con las manos en los bolsillos. Se detuvo frente a la ventana y miró al exterior sin ver nada.

El mal humor lo había acompañado durante los últimos días.

Después del desastre de las Islas Caimán, había estado hecho una furia y debería haber seguido así; sin embargo había empezado a buscar razones para comprender el punto de vista de Kayla. Había empezado a pensar que quizá él también había tenido parte de culpa. Lo cual era una locura, tanta locura como lo había sido confiar en una periodista.

Para colmo de males, Sybil LaBreck volvía a acosarlo. El titular de su último artículo decía: *¿Por fin le han echado el lazo a Noah Whittaker?* Más adelante se explayaba con todo tipo de detalles sobre su escapada al Caribe a pesar de sus continuos desmentidos de que entre ellos hubiera ningún tipo de relación.

Volvió a recordar el enfrentamiento con Kayla. Si no hubiera estado tan enfadado, quizá habría tratado de explicarle por qué le había hecho ese comentario a Sybil en la gala benéfica; sólo había querido que la periodista lo dejara en paz porque ya había empezado a desear a Kayla como un loco.

Y lo cierto era que el sexo, cuando por fin había llegado, había sido increíble. Más apasionado y placentero de lo que jamás se habría atrevido a imaginar. Habían estado muy bien juntos.

Su mente volvió a plantearle la pregunta que llevaba ya días atormentándolo. ¿Era justo por su parte haber esperado que Kayla dejara sus instintos de periodista en la puerta de la habitación del hotel? Porque eso era precisamente lo que él había esperado. Y todo por el sexo, porque había empezado a desearla y a necesitarla demasiado.

Incluso aunque estuviera en su derecho de enfadarse porque no hubiera confiado en él, había sido él el que había dejado su correspondencia a la vista. Y ahora, poniéndose en el lugar de Kayla, comprendía que seguramente la llamada de Sybil la había hecho creer que era un granuja que no merecía que nadie confiara en él.

–¿Problemas?

Era Matt, que lo miraba desde el umbral de la puerta de su despacho.

–No más de lo normal.

Su hermano entró y cerró la puerta a su espalda.

–Bueno, últimamente no pareces el mismo y la gente empieza a notarlo.

Noah se encogió de hombros.

–Todos tenemos una mala semana de vez en cuando.

–Sí y da la casualidad de que la tuya ha coincidido con tu regreso después de pasar unos días con Kayla Jones en las Islas Caimán. No creas que la gente no se da cuenta

–No me importa.

Matt movió la cabeza con resignación.

–Llevarte a una sexy periodista a un viaje de empresa al Caribe... es atrevido incluso para ti.

–Normalmente no soy tan tonto –ni tan ingenuo.

–Bueno, no lo sé. Todo el mundo sabe de tu debilidad por las rubias.

–¿Has venido a burlarte de mí? Porque, si es así, no tengo tiempo. Tengo muchas cosas que hacer –cosas que no le importaban lo más mínimo en ese momento porque era incapaz de concentrarse en nada.

Matt se acercó un poco más a él.

–¿No quieres contármelo?

–No –pero después añadió–. No es buena para mí.

–Eso no importa –aseguró su hermano.

–¿Cómo que no importa?

–Te ha dado fuerte, hermanito. Es inútil resistirse.

–Sí, claro.

Estaba a punto de salir por la puerta, cuando se volvió a decirle algo más:

–Llámame cuando estés listo para aceptar el poder de la fuerza... de la fuerza femenina. Mientras, deja de torturar a todo el que se cruza en tu camino.

–Muy bien, gracias –farfulló Noah.

–Doy el consejo por entregado.

Cuando Matt se hubo marchado, Noah dejó sobre la mesa los papeles en los que había fingido centrarse. Matt no tenía ni idea. De todos modos, esperaría una semana más; con un poco de suerte, en ese tiempo conseguiría controlar su estado de ánimo. Después tendría que considerar cuáles eran las opciones.

El fin de semana después de su regreso del Caribe, Kayla seguía completamente abatida. Sabía que cuando Noah había dicho que se había acabado, no se había referido sólo al viaje, también a su imprudente aventura.

Samantha había vuelto a dormir en su casa ese sábado y, a la mañana siguiente, se había dado cuenta de que algo le pasaba a su hermana con sólo mirarla una vez a la cara. No dejó de preguntar a Kayla sobre el motivo de sus ojeras y su mal humor, pero Kayla se esforzó por esquivar la conversación. El enfrentamiento con Noah estaba todavía muy fresco para hablar de ello.

Por eso prefirió sentarse al ordenador y tratar de corregir un artículo que estaba escribiendo. A eso del mediodía tuvo que rendirse y aceptar que no podría trabajar hasta que no pudiera dejar de repasar una y otra vez la pelea con Noah y de cuestionarse su comportamiento.

Ahora se preguntaba si no habría sido demasiado desconfiada, quizá debería haberle preguntado antes de abrir su correspondencia en lugar de lanzarse a hacer conclusiones. Y, conociendo su experiencia con la prensa, comprendía su enfado al verla fisgoneando su correo.

Al pensar aquello se detuvo en seco. ¿Qué estaba haciendo? Quizá había cometido un error al leer aquellas cartas, pero el hecho era que seguía siendo periodista, una periodista que estaba escribiendo un artículo sobre Whittaker Enterprises. Bien era cierto que su comportamiento había sido provocado en parte por la llamada de Sybil, pero él no había negado que la había tratado como a una conquista más y además lo había hecho público.

Y, para añadir más dolor a la ofensa, había tenido la desfachatez de hacer que se enamorara de él.

Era una tonta.

Dejó caer la cabeza sobre el teclado del ordenador y después se dio golpes en la frente una y otra vez.

–¿Qué haces, Kayla? –preguntó Samantha con una mezcla de curiosidad y preocupación.

Pero antes de que pudiera responder, sonó el timbre de la puerta y su hermana se apresuró a contestar.

–¿Quién es?

–Allison Whittaker –se oyó al otro lado.

Kayla levantó la cabeza.

–Es...

–Ya lo he oído –la interrumpió Kayla antes de respirar hondo–. Dile que suba.

Capítulo Diez

Nada más entrar por la puerta, Allison se disculpó por presentarse sin avisar.

—No importa. Es una costumbre de los Whittaker a la que ya me estoy acostumbrando —respondió Kayla con cierta sequedad.

Allison le lanzó una mirada de complicidad al tiempo que se quitaba la chaqueta.

—Mi marido cree que estoy loca por venir —Samantha se acercó para colgarle la chaqueta y ella le tendió la mano a modo de saludo—. Hola, soy Allison, la hermana pequeña de Noah Whittaker.

—Yo soy Samantha, la hermana pequeña de Kayla. Me alegro de que hayas venido, lleva toda la mañana hecha una furia.

Allison esbozó una sonrisa.

—Las hermanas pequeñas siempre tenemos que acudir al rescate. ¿Qué harían sin nosotras?

—Eso me pregunto yo muchas veces.

—¡Samantha! —Dios, pensó Kayla, parecía que su hermana no pudiera callar nada delante de los Whittaker—. Y yo no estoy hecha una furia.

—Claro que lo estás. Te he oído jurar entre dientes.

Kayla cerró los ojos con resignación. ¿Acaso no podía estar triste de vez en cuando?

—Ojalá hubiera tenido una hermana —comentó Allison—. Pero tuve que crecer con los Hermanos Marx; Chico, Harpo y Groucho.

–¿Cuál de ellos es Noah? –preguntó Samantha mientras pasaban al cuarto de estar.

–En este momento, sin duda, Groucho.

Kayla sintió una extraña emoción al oír aquello.

–¿Y a qué se debe tu visita? –le preguntó, tratando de no interpretar sus palabras.

–Estoy pagando una deuda –al ver la mirada de confusión de Kayla, siguió hablando–: Es una larga historia. Digamos que a los Whittaker nos gusta ayudarnos los unos a los otros, sin importarnos si el otro quiere o no dicha ayuda.

Diciendo eso, Allison se sentó en el sofá y Samantha ocupó el espacio que quedaba a su lado.

–Así que Noah es Groucho... Qué interesante.

Kayla lanzó a su hermana una mirada de reprobación.

–Sí, la verdad es que últimamente ha estado un poco difícil de tratar –explicó Allison.

–¿Sabe que estás aquí? –preguntó Kayla, e inmediatamente después se arrepintió de haberlo hecho.

–No. No ha querido hablar conmigo, ni siquiera el otro día cuando pasé por su despacho y le hablé del artículo de Sybil en el que hablaba de vuestro viaje a las Islas Caimán. Sólo conseguí que me dijera que ya no había nada entre vosotros.

Kayla bajó la mirada.

–Pero –continuó diciendo Allison–, sé que ha pasado algo. Por lo visto, todo el mundo en la empresa dice que últimamente es imposible trabajar con él. Incluso Matt y Quentin lo han notado. Así que, sumé dos más dos y decidí averiguar dónde vivías, pero dime si me he equivocado.

–¿Por eso estás aquí? –preguntó Kayla, incapaz de responder de manera más directa.

–¿Acaso no resulta obvio? –dijo Allison, después de observarla unos segundos–. Yo quiero mucho a mi hermano y él está triste.

–¿Y crees que es por mi culpa?

–No, creo que la culpa la tiene el hecho de que te hayas marchado.

Deseaba con todas sus fuerzas que eso fuera cierto, pero ella no sabía lo mal que había acabado todo entre ellos. Llevaba toda la semana al borde del llanto. Y ahora las miradas de comprensión de Allison y de Samantha no hacían más que hacerla sentir peor.

–¿No quieres contárnoslo?

Kayla respiró hondo, tratando de contener las lágrimas que se agolpaban en los ojos. La explicación de todo, o de casi todo, lo sucedido salió de sus labios sin que ella pudiera hacer nada. Les contó la llamada de Sybil y la tremenda discusión que había tenido con Noah cuando él la había encontrado mirando su correo.

Pero no mencionó el hecho de que aquella mañana se había despertado completamente enamorada después de una noche increíble junto a Noah. Ya había repasado aquellas escenas suficientes veces en su cabeza.

–Podría escribirse una enciclopedia con todas las cosas que mis hermanos ignoran de las mujeres –comentó Allison cuando Kayla hubo terminado con su relato–. Lo que quiero decir es que es evidente que está loco por ti. Todo lo que haya dicho o hecho para negarlo se debe a que es como un pez que acaba de darse cuenta de que lo han enganchado.

Le resultaba bastante difícil ver a Noah como un pez enganchado al anzuelo.

–El caso es que yo siempre he creído que a Kayla le cuesta mucho confiar en los hombres –intervino Samantha–, y creo que todo se debe a Bentley Mathison.

–¿Qué? –ahora era Allison la que no entendía nada.

–Samantha está estudiando psicología y le gustan mucho los libros de autoayuda.

–No es cierto. El problema es que nadie quiere hacer caso de la lógica.

–¿Pero qué tiene que ver todo esto con Bentley Mathison?

Kayla encogió los hombros con resignación antes de contarle a Allison que Bentley era su padre y hacerle un breve resumen de la historia que había tenido con su madre hacía veintiocho años. También le dijo que no solía contárselo a nadie y que ni siquiera él sabía la relación que los unía.

–No me extraña que tuvieras esa cara en la gala benéfica –recordó Allison.

–¿Era tan evidente? –preguntó Kayla con preocupación.

–Bueno, parecías muy afectada. Ése fue el momento en el que empecé a pensar que había algo entre Noah y tú. Él parecía tan preocupado por ti.

Kayla negó con la cabeza.

–Puede ser, pero yo tampoco le daría mucha importancia.

–Noah tiene muchos defectos. A veces es un arrogante insoportable...

–Sí, lo sé.

–Pero también es un hombre de palabra. Jamás habría convertido Whittaker Enterprises en el éxito que es ahora si no hubiera estado tan motivado y no hubiera sido tan constante y atento con los empleados.

Kayla asintió pues eso era algo que ya sabía... ¿o no?

A pesar de que Noah se había asegurado de dejarle claro que él no era como su padre biológico, en el momento de la verdad Kayla había caído en la trampa de tratar a Noah como si fuera como Bentley Mathison.

Quizá hubiera ciertas similitudes entre ellos: ambos eran ricos, tenían encanto a raudales, un enorme éxito con las mujeres y mucha ambición.

Pero Noah no le había fallado. Había cumplido todas y cada una de sus promesas al pie de la letra.

En las últimas semanas, había descubierto también que no era el playboy consentido que ella había querido retratar en sus artículos. Era mucho más complejo que todo eso.

Y lo cierto era que, si se ponía en su lugar y después de todas las experiencias desagradables que había tenido con la prensa, ella también se habría puesto como loca si encontrara a alguien con quien acababa de acostarse leyendo su correspondencia privada.

Echó un vistazo a Samantha.

—Después de todo, quizá tenga que admitir que tienes parte de razón.

—¡Claro que la tengo! —exclamó su hermana.

Se mordió el labio inferior.

—¿Qué debería hacer? —no se lo preguntaba a nadie en particular, las palabras salieron solas de su boca.

—Eso tienes que decidirlo tú —respondió Allison.

—¿Sabes? Ni siquiera trató de explicarme por qué le había hecho ese comentario a Sybil —dijo, sin poder deshacerse de las dudas por completo.

—Muy típico de él —dijo Allison—. Probablemente estaba demasiado enfadado contigo por haber desconfiado de él y pensó que no tenía por qué darte ningún tipo de explicación. Ya sabéis cómo son los hombres –añadió mirándolas a ambas–, ni dan explicaciones, ni piden indicaciones en la calle.

–Estás de broma –dijo Samantha con una carcajada.

–Ahí tienes un buen tema para escribir un libro de autoayuda –aseguró Allison, guiñándole un ojo.

–Bueno, ¿qué crees que debería hacer? –deseaba creer que Allison no se equivocaba.

–Tú decides –dijo, poniéndose en pie–. Seguro que se te ocurre algo. Noah merece una segunda oportunidad aunque no haya hecho ningún esfuerzo por explicar su comportamiento. Confía en mí... he visto cómo te mira –añadió–. Sería estupendo que la vida fuera más sencilla, pero lo cierto es que a veces nos encontramos con situaciones en las que sólo podemos saltar al vacío y esperar que todo vaya bien.

Confianza, pensó Kayla. ¿Se atrevería a confiar en Noah? Lo cierto era que no tenía otra opción porque estaba completamente enamorada de él. ¿Quién lo habría pensado?

Cuando llegó al despacho, Noah sacó un sobre de la bandeja del correo. No tenía remitente, pero algo le hizo sospechar. Después se dio cuenta de que había algo en el ambiente, *su* presencia.

Pasó el dedo por la solapa del sobre y, en cuanto lo abrió, dos hojas cayeron en sus manos. Era el borrador final de un artículo firmado por Kayla. El titular atrajo su atención inmediatamente: *La vida secreta de Noah Whittaker al descubierto*. Al final de la primera página había una nota escrita a mano que decía que el artículo se publicaría en la edición de ese mismo día del *Sentinel*.

Se quedó helado.

No se habría atrevido. Seguro que no.

Pero las tripas le decían algo muy diferente. La ira le recorrió las venas. ¿No le había hecho ya suficiente daño? Lo había retorcido como un trapo viejo y lo había colgado a secar. Pero era evidente que creía que todavía podía sacar otra buena historia gracias a él y no iba a perder la oportunidad de aprovecharla.

Se obligó a leer el artículo.

Empezaba describiendo el accidente y las repercusiones inmediatas que había tenido en su vida. Describía cómo Noah había vuelto al mundo de la alta tecnología después de dejar las carreras de coches y cómo había convertido el negocio familiar en un importante competidor en el mundo de la ingeniería informática.

Continuó leyendo a la espera de encontrar el párrafo en el que desvelaba su relación con Medford.

Pero se encontró con uno en el que se decía que, a pesar de su imagen de juerguista y playboy, Noah era un empresario respetado y trabajador al que le gustaba ayudar a otros... incluso cuando esos otros ni siquiera sabían que los estaba ayudando.

Y eso era todo. No había mención alguna de Medford, ni de las Islas Caimán. Nada. El artículo terminaba diciendo que la autora había descubierto que Noah era un personaje mucho más complejo y agradable de lo que su imagen pública hacía pensar.

Noah dejó el artículo sobre la mesa y se llevó las manos a la cabeza. No tenía la menor duda de quién le había enviado el artículo. Y ahora sabía por qué.

Había creído que Kayla lo había traicionado, pero ahora se veía obligado a reconsiderar tal creencia.

No había podido olvidarla. Durante las dos últimas semanas, había estado de un humor de perros; había gruñido a sus hermanos y torturado a sus subordinados. En resumen, había estado insoportable.

Y todo porque la echaba de menos. La deseaba. La amaba.

Aquello detuvo sus pensamientos en seco.

Amor. ¿Sería eso lo que le pasaba? ¿Por eso tenía la sensación de que se le había dado la vuelta el estómago? ¿Eso era el constante dolor que había sentido últimamente?

Sin duda había tenido experiencias con muchas mujeres, algunas de las cuales le habían gustado mucho y lo habían excitado como un loco. Pero ninguna de esas mujeres le había hecho sentirse tan destrozado como Kayla. Nadie se le había colado de ese modo en el corazón y en la cabeza. Nadie había retirado todas las capas que lo protegían, llegando hasta el fondo de él.

Y se alegraba de que hubiera sido Kayla la que finalmente hubiera descubierto su esencia.

Levantó la cabeza y una melancólica sonrisa se asomó a sus labios. Siguiendo un repentino impulso, sacó la foto que había metido en el cajón de su escritorio dos semanas antes.

Allí estaba Kayla sonriendo en las Islas Caimán... donde había vivido la mejor aventura romántica de toda su vida. Su biquini moldeaba el cuerpo que tan bien había llegado a conocer y que, sin embargo, seguía haciéndole estremecerse de deseo.

De pronto supo qué debía hacer. Era hora de hablar con Sybil LaBreck.

Después de algún tiempo sin hacerlo, Kayla encendió el ordenador de su trabajo y pinchó en el enlace que abría la página del *Boston World*. Al leer el titular de la columna de Sybil LaBreck, estuvo a punto de escupir el trago de café que acababa de beber. Dejó la taza sobre la mesa y limpió las gotas que había derramado con el susto.

Sus ojos volvieron a centrarse en el titular: *La periodista de cotilleos Kayla Jones y el playboy Noah Jones: novios y camino del altar.*

Después de años de leer la columna de Sybil, había sentido sorpresa, enfado y a veces incredulidad. Sin embargo, aquélla era la primera vez que se quedaba en estado de shock.

¡No era posible! Sybil nunca se había inventado algo sin tener siquiera una base de verdad, pero seguramente había una primera vez para todo.

Se obligó a seguir leyendo.

Noah ha comprado un diamante de cuatro quilates para su amada. Siguió leyendo por encima hasta que llegó a lo que se suponía era una cita textual de las palabras de Noah: *No es un Arca, pero hay un yate de siete metros en el que quiero navegar el resto de mi vida junto a Kayla.*

«Maldita sea. ¡Le exigiré que se retracte!»

Sybil iba a enfrentarse a una buena. Quedaría en el más absoluto ridículo cuando se supiera que lo que había publicado no era cierto. Y, desde luego, Noah la demandaría.

Al pensar en Noah, se quedó paralizada.

No había sabido nada de él desde que le había enviado la copia de su artículo. ¿Qué estaría pensando? Desde luego aquello no iba a hacerle ninguna gracia. Salir en la columna de Sybil relacionado con una mujer a la que despreciaba.

A menos que pensara que ella había sido la informante de Sybil. No, él jamás pensaría algo así... ¿O sí?

Sólo había un modo de responder a esa pregunta. Agarró el teléfono y marcó el número de Whittaker Enterprises. No tardó en hablar con la secretaria de Noah, que la informó de que Noah estaba en una reunión. Kayla le preguntó cuándo podría ponerse en contacto con él. Según le dijo, saldría de la reunión en una hora, pero se dirigiría directamente al aeropuerto a tomar un avión.

Sin pararse a pensarlo, agarró su bolso y se puso en pie. Tenía que cortar aquella historia de raíz inmediatamente y, para ello, tendría que hablar con Noah cuanto antes. Tenían que ponerse de acuerdo sobre qué decirles a los reporteros en cuanto empezaran a llamarlos.

También se prometió a sí misma que le explicaría su comportamiento y le pediría disculpas. Si después la echaba de una patada, tendría que aceptarlo.

Se estaba poniendo la chaqueta, cuando apareció Ed con una edición del *Boston World* en la mano.

—Mira lo que nos ha estado ocultando la señorita Jones —dijo en un tono de voz que cualquiera podía oír. Afortunadamente, todavía no había mucha gente.

—Sé que resulta difícil de creer, Ed, pero confía en mí. Ahora mismo no hay nada entre Noah y yo, ni lo había mientras escribí el primer artículo sobre su empresa.

—Querida —dijo Ed, aprovechando una pausa—, uno de estos días te contaré cómo conocí a mi mujer mientras cubría la historia más importante de mi carrera. Sólo te diré que no lo pondrían como ejemplo de ética profesional.

–Ed... –se calló y negó con la cabeza. Más le valía intentar conservar el empleo. Ya daría explicaciones más tarde–. Gracias, Ed –y salió corriendo.

Debía impedir que Noah tomara ese avión sin hablar con ella antes.

Capítulo Once

Al salir del ascensor de Whittaker Enterprises, lo primero que vio Kayla fue a Noah hablando con su secretaria.

Justo a tiempo, pensó mientras se debatía entre el alivio y el pánico. Apenas tuvo tiempo de secarse el sudor de las manos en los pantalones antes de que él levantara la vista hacia ella.

–Hola –lo saludó, dando un paso hacia él. Estaba tan guapo, que tuvo que hacer un esfuerzo para no dejarse llevar por el deseo de echarse en sus brazos.

–Hola –respondió él, metiéndose las manos en los bolsillos.

–¿Podemos hablar?

Primero asintió y luego le pidió a su secretaria que no le pasase ninguna llamada. Ella seguía mirando a Kayla de manera especulativa.

Una vez en su despacho, Kayla respiró hondo y fue directa al grano.

–¿Has visto el artículo de Sybil?

Noah la miró extrañado.

–¿Debería haberlo hecho?

–¡El titular afirma que tú y yo vamos camino del altar! –sintió cómo la sangre le subía a las mejillas.

Noah enarcó una ceja.

–Sólo quería que supieras que yo no he tenido nada que ver.

–Nunca se me habría ocurrido pensar eso –dijo él con suavidad.

Aquello la hizo sentir un profundo alivio.

–¿Ah, no?

–No –en sus labios apareció una cálida sonrisa.

–No sé quién habrá sido su fuente, pero...

–Yo sí.

–¿Qué? ¿Qué?

–Yo sí sé quién ha sido.

Vaya. Ahora comprendía que estuviera tan tranquilo.

–Es alguien de fiar –continuó diciendo–. Totalmente digno de confianza.

–¿Cómo puede ser de fiar si está completamente equivocado?

–¿Cómo sabes que está equivocado?

–Porque... –empezó a farfullar. Parecía que iba a obligarla a explicárselo todo–. Porque tú... yo...

–¿Sí?

–¡Porque tú y yo no vamos a casarnos! –exclamó por fin.

–Ah.

–Por cierto –mejor sería cambiar de tema–, ¿podrías decirme quién es su fuente?

–Alguien que conozco –dijo misteriosamente.

–¿Un amigo tuyo?

–Es un buen tipo –aseguró–. A veces un poco incomprendido y a veces bastante torpe, pero con buenas intenciones.

–Ajá –había tenido la poca vergüenza de condenarla a ella por escribir una columna de cotilleos y, sin embargo ahora estaba dispuesto a defender a un amigo suyo que había ido a la prensa con una sarta de mentiras–. Sí, debe de ser muy buen tipo.

–Cuidado, podrías herir sus sentimientos –dijo sin demasiada preocupación.

No, en realidad no parecía nada preocupado, más bien al contrario. Kayla empezó a sospechar algo.

–¿Cuánto hace que conoces a ese amigo tuyo?

–Muchos años. Por eso sé que puedo responder por él.

Sus sospechas aumentaban por momentos, pero también lo hacía la confusión. ¿Estaba jugando con ella? ¿Acaso creía que no había pagado suficiente por su supuesta traición en las Islas Caimán? ¿Estaría enfadado por su artículo y trataba de castigarla? ¿O...?

Lo observó detenidamente. No parecía enfadado; en todo caso, expectante.

El corazón empezó a latirle con fuerza.

–Me sorprende que seas tan amigo de alguien que le ha contado tantas intimidades a la prensa.

Noah le aguantó la mirada mientras decía:

–Digamos que mi amigo se ha dado cuenta de que las columnas de sociedad pueden llegar a resultar muy útiles.

–¿De verdad? –muy bien–. No te he preguntado si conozco a tu amigo.

Dio un paso hacia ella.

–Sí.

El corazón le latía como un caballo desbocado.

–¿Es guapo?

–Mucho –dio otro paso más hacia ella.

–Ah –estaba al alcance de su mano, podía sentirlo con tanta fuerza–. ¿Es inteligente?

–Supongo.

–¿Divertido? –¿era su voz la que temblaba?

–Eso dicen algunos.

–Ah.

–¿Por qué lo preguntas? –su voz era profunda e intensa.

Lo miró a través de las pestañas.

–Quizá esté dispuesta a tener una relación estable.

La sonrisa de sus labios se hizo más grande.

–Pues es una lástima.

Kayla abrió los ojos de par en par.

–¿Por qué?

–Porque entonces supongo que no te interesará esto –dijo, sacándose algo del bolsillo.

Al abrir la cajita, el diamante brilló en todo su esplendor.

Ella se quedó sin respiración unos segundos, después levantó la mirada hacia él.

–Yo fui su fuente, Kayla. Porque te amo y he sido un estúpido.

Se puso de rodillas.

–¡Dios! –sintió que las lágrimas le inundaban los ojos, pero no pudo decir más que aquella exclamación incoherente.

Noah le tomó la mano y le puso el anillo.

–¿Quieres casarte conmigo?

Lo miró a través de las lágrimas.

–Yo también te amo.

–Creo que la respuesta debería ser «sí» o «no».

Estaba bromeando, pero en sus palabras había un ligero toque de inseguridad.

–¡Sí!

Se puso en pie, la estrechó en sus brazos y la besó con toda la pasión acumulada. Y ella se entregó a aquel beso. No podía creer lo afortunada que era, no alcanzaba a entender cómo era posible que sus sueños se hubieran hecho realidad de pronto. Pero por el momento, le bastaba con gozar de aquella fantasía.

–¿Tú planeaste todo esto? –preguntó entre besos.

–Ya sabes lo que dicen –comenzó a decirle, mirándola con los ojos llenos de ternura–: «A situaciones desesperadas, medidas desesperadas». Sybil estuvo encantada de ayudar.

–¿De verdad le pediste ayuda?

–Recordarás que le dije que cuando decidiera ir en serio contigo, la llamaría para contarle cosas sobre mi vida privada. Bueno, pues lo cierto es que no podría ir más en serio contigo.

–Es... –entonces se dio cuenta de algo–: ¡Tu vuelo! ¿Qué hora es? ¡Perderás el vuelo!

Por la carcajada que soltó y la cara de travieso, Kayla se dio cuenta de que tampoco existía tal vuelo. Según le explicó, había convencido a su secretaria de que le dijera todo eso con la esperanza de que así, si quería hablar con él, se viera obligada a hacerlo de inmediato.

–Eso explica que vayas con un anillo de compromiso en el bolsillo –dedujo ella emocionada por la cantidad de molestias que se había tomado... por ella–. Eres muy rápido.

–Ya sabes cuánto me gusta la velocidad.

No pudo hacer otra cosa que mirar embelesada a ese hombre maravilloso, divertido y dulce que le había enseñado a confiar, a reír y a amar.

–Te debo una disculpa.

Se apartó unos centímetros de ella para poder mirarla.

–¿Por qué?

–Por no haber confiado más en ti –hizo una pausa–. Pensé que eras como Bentley Mathison sólo porque eres rico y poderoso. Me limité a convertirte en el blanco de mi columna.

Noah apoyó la frente en la de ella.

–Si no hubiera sido por esa columna, no nos habríamos conocido. Siempre le estaré agradecido a *Según los Rumores*.

–Cómo has cambiado –bromeó, al tiempo que le daba un rápido beso.

–Bueno, he aprendido unas cuantas lecciones –Kayla lo miró con curiosidad–. Tenías razón, iba sin rumbo desde el accidente. La muerte de Jack me dejó destrozado y me escondía de la realidad saliendo de juerga con actrices y modelos.

–Pero ahora vas a dedicarte a las periodistas –le recordó con picardía.

–He descubierto que las periodistas de cotilleos tienen su encanto y que su trabajo es complicado, como el de la mayoría de la gente.

–¿Tienen su encanto aunque te obliguen a enfrentarte al pasado?

–Especialmente entonces –dijo, tomándole el rostro entre las manos–. Por mucho que me esforzara en negarlo, seguía sintiéndome culpable de la muerte de Jack. No sabía cuánto necesitaba una especie de absolución... hasta que leí tu artículo.

–Espero que no te enfadaras.

–Al principio sí me enfadé, pero cuando me paré a leerlo. Creo que al hacerlo, por fin me di permiso para perdonarme a mí mismo.

–Quería compensarte por lo que había hecho –le explicó Kayla–. Aunque creía que había arruinado cualquier oportunidad de arreglar las cosas entre nosotros. Por cierto, gracias al artículo sobre Whittaker Enterprises, tienes delante a la nueva reportera de negocios del *Sentinel*.

Con una enorme sonrisa en los labios, Noah la levantó en brazos y la estrechó con fuerza antes de devolverla al suelo.

–¡Fantástico! ¿Y quién va a sustituirte?

–Espero que sea Judy Donaldson y no mi hermana. Samantha tiene la descabellada idea de que la columna es la manera ideal de conocer chicos.

–Me gusta tu hermana. Es muy valiente.

–No te preocupes, está deseando acogerte en la familia con los brazos abiertos.

–La mía ya cree que eres fantástica por haberte encargado de bajarme los humos –le dijo en broma, pero enseguida se puso serio–. Hablando de familia, ¿qué tienes pensado hacer con Bentley Mathison?

–Nada –hizo una pausa para intentar expresar lo que sentía–. Es evidente que él nunca ha deseado tener nada que ver conmigo y, ahora que lo conozco, yo tampoco quiero tener nada que ver con él. Además he decidido dejar de torturarme por la carga genética que haya podido dejarme. Los genes no marcan el destino.

–Así se habla –dijo satisfecho–. No sirve de nada sufrir por cosas que no se pueden cambiar, pero hay que darse cuenta de que hay muchas otras que sí se pueden cambiar.

–Te amo –la conocía tan bien. Él era todo lo que había deseado, con lo que tanto había soñado. La entendía de un modo, que conseguía que ella misma se viera con mejores ojos.

–¿Podrías demostrármelo? –le pidió con un peligroso brillo en los ojos.

–¿Aquí?

Noah miró a su alrededor.

–Puede que tengas razón, sería un poco incómodo. Mejor vamos al dormitorio.

–¿Al dormitorio?

Según le explicó, la empresa disponía de una habitación en la que dormían los ejecutivos que se quedaban a trabajar hasta tarde y no tenían tiempo de ir a casa. Aunque, de manera extraoficial, se rumoreaba que había gente que la utilizaba para citas clandestinas.

Kayla trató de protestar, pero cuando quiso darse cuenta, Noah la había agarrado de la mano y la arrastraba por el pasillo. Al salir del despacho, no pudo ni mirar a los ojos a su secretaria, ni levantó la mirada del suelo hasta que estuvieron en dicha habitación.

Noah la estrechó en sus brazos y comenzó a besarle el cuello.

—¡No puedo creer que estemos haciendo esto! —exclamó, mitad escandalizada, mitad encantada con la idea de escabullirse a hacer el amor con el hombre al que amaba—. ¿No nos oirán?

—Las paredes están bastante insonorizadas —dijo, colándole las manos por la blusa y acariciándole los pechos por encima del sostén—. Pero será mejor que seamos discretos.

—Piensa en tu reputación, imagina que...

No podía seguir hablando porque sus manos habían empezado a moverse con maestría sobre su piel.

—Gracias a ti, mi reputación es la de un gran seductor, así que tendré que hacer justicia al título.

Tenía razón.

Cuanto más la besaba y acariciaba, más lógica le parecía la idea.

Unos segundos después, ambos se habían despojado de la ropa y Kayla le acariciaba el pecho y se entretenía en admirar aquel cuerpo maravilloso... y todo suyo. Y él la miraba con un deseo que la hizo estremecer.

—Puedes tocarme donde quieras... por todas partes —le susurró de un modo que hizo que se le endurecieran los pezones. Se moría por sentirlo dentro, por entregarse a él—. Por supuesto, espero iguales privilegios.

Kayla acarició su erección, vio cómo cerraba los ojos y se le entrecortaba la respiración.

—Sabes que vamos a tener una vida maravillosa juntos, ¿verdad? —le dijo, casi sin aliento.

—Claro que lo sé —susurró ella justo antes de agacharse y tomarlo en la boca, acariciándolo y dándole todo el placer que podía. Se deleitó en la sensación de sentirlo en su boca.

Después volvió a ponerse en pie y se encontró con unos ojos inundados de pasión. Se dejó llevar a la cama, donde cubrió su cuerpo de besos hasta llegar al centro de su ser. Al principio se puso en tensión.

–Confía en mí –le susurró él dulcemente.

Y eso hizo. Cuando pensaba que ya no podía aguantar más, él fue hasta los pantalones y se puso un preservativo.

De nuevo en sus brazos, se dio cuenta de que se sentía la mujer más seductora del mundo, allí desnuda, con sólo aquel maravilloso diamante que él le había regalado.

Noah se movió sobre ella, buscando la entrada a su cuerpo, una entrada que ella le proporcionó encantada. Y comenzaron a moverse juntos, a amarse en armonía, en un crescendo imparable.

–Te amo –dijo ella.

–Yo a ti también –respondió él con un gemido.

Podía sentir la tensión aumentando dentro de su cuerpo, acercándola a un éxtasis que ya casi podía tocar.

–¿Es suficiente? –le susurró él con la misma tensión.

–Más de lo que habría soñado –respondió antes de perder el sentido y lanzarse con él... hacia el futuro.

Epílogo

–¿Quién habría pensado que Matt sería el último Whittaker que quedaría soltero? –comentó Noah con incredulidad–. Y pensar que tuvo la poca vergüenza de frustrar tu plan para casar a todos tus molestos hermanos mayores con el propósito de hacerte con los mandos.

–Es un diablo –asintió Allison, totalmente de acuerdo.

Kayla y Noah habían acudido junto a Elizabeth, Quentin y su bebé a la preciosa casa de Allison y Connor a ver un partido de fútbol americano. Era una fría tarde de un domingo de noviembre y estaban todos sentados en el acogedor salón de la casa. Matt habría acudido también de no haber sido por una cena con unos socios.

–Es un tipo enigmático –opinó Quentin–. Nunca sabremos si lo de seguir soltero fue algo elegido o simplemente ocurrió así.

–Pues yo creo que ya va a siendo hora de que lo empujemos hacia el altar –sugirió Allison–. Después de todo, yo intenté casaros a vosotros dos y vosotros me casasteis a mí. Me parece que se lo debemos a Matt.

Noah y Quentin gruñeron al unísono.

–¿Qué? –preguntó su hermana.

Ambos hermanos intercambiaron una mirada antes de que Noah dijera:

–Digamos que a veces nos gustaría que te olvidaras un poco de tu lealtad fraternal.

–Ya –Allison siguió imperturbable–. Sigo pensando que debemos hacer algo.

–No piensas darte por vencida, ¿verdad? –dedujo Quentin.

–¿Y cómo piensas echarle el guante a Matt? Sabes que es muy suyo. Soy su hermano y ni siquiera sé si sale con alguien.

Allison echó un vistazo a Kayla.

–Kayla podría averiguarlo, está acostumbrada a descubrir los secretos de la gente.

Noah también se volvió a mirarla y, como de costumbre, sólo con verla se sintió bien y volvió a pensar cuánto la amaba.

–Ahora que lo pienso, nunca llegaste a decirme quién te dio información sobre mí para tu columna.

–Pues –los ojos de Kayla se dirigieron a Allison y Noah los siguió.

–No me digas.

–No te hagas ilusiones –dijo su hermana llevándose la copa a los labios, pero al ver el modo en que la miraba su hermano, tuvo que claudicar–. Está bien. Puede que le dijera un par de cosas durante una fiesta, pero sólo porque no quería que se dedicara a investigarme a mí en busca de una historia.

–¿Así que echaste a tu propio hermano a los perros? –preguntó Noah, fingiendo estar ofendido.

–No –respondió Allison tajantemente–. Pero conseguí que Kayla se acercara a ti –los miró a ambos satisfecha–. Y no veo que te quejes mucho.

Noah volvió a mirar a Kayla. Había encontrado el amor en el lugar más insospechado, pero había salido bien. Con su ayuda, había dejado atrás el pasado en lugar de seguir tratando de olvidarlo con una interminable sucesión de mujeres y fiestas. Aunque Kayla y él procedían de mundos diferentes, había sido como encontrar su otra mitad; su mejor mitad.

–¿Me he quejado, Kayla? –le preguntó, pasándole el brazo por los hombros.

Kayla miró al hombre que le había abierto los ojos. Gracias a él, había aprendido que el dolor y la desconfianza no eran la consecuencia inevitable de amar a alguien que había crecido en un ambiente más privilegiado, porque había descubierto que ese ambiente era lo menos importante del carácter de Noah.

Lo miró a los ojos con una fidelidad y una confianza en su amor tan fuerte, que podía bromear con él:

–Por ahora no, pero a ver qué haces cuando te enteres de que voy a decirles a Sybil LaBreck y a Judy Donaldson que corran la voz de que tu título del soltero más solicitado de Boston debería pasar a Matt. Por lo que yo sé, sí que está saliendo con alguien.

Allison se echó a reír.

–Preciosa –dijo Noah, fingiendo que suplicaba–, prométeme que no estás siguiendo los pasos de Allison y has empezado a utilizar las páginas de sociedad para hacer de celestina.

Kayla sonrió, mientras Quentin y Connor bromeaban sobre que Noah se había unido al «club de los casados» y Liz daba hurras.

–Ya sabes lo que dicen –susurró Kayla con dulzura–, «puedes alejar a la chica de la columna de cotilleos, pero nunca podrás hacer desaparecer a la columnista de cotilleos que hay dentro de ella».

Deseo®

Muy cerca de ti

Colleen Collins

La ordenada vida de Jeffrey Brads-
haw se enfrentaba a un gran obstácu-
lo; en lugar de encontrarse en Los
Ángeles haciendo la presentación con
la que hacer despegar su carrera, estaba atrapado en Alaska junto a una
testaruda piloto. La seductora e inde-
pendiente Cyd Thompson lo tenía tan
cautivado, que ni siquiera se acorda-
ba del trabajo, sólo podía concentrarse en la pasión que desprendía aquella mujer.

Cyd deseaba a Jeffrey, pero no quería
que estuviese allí, porque sus planes
destruirían la Alaska que ella tanto
amaba. Por eso estaba dispuesta a hacer cualquier cosa para
distraerlo de los negocios. Y, si para ello tenía que seducirlo, lo
haría...

**Quizá lo mejor que se podía hacer estando tan cerca
era acercarse un poco más...**

¡YA EN TU PUNTO DE VENTA!

Acepte 2 de nuestras mejores novelas de amor GRATIS

¡Y reciba un regalo sorpresa!

Oferta especial de tiempo limitado

Rellene el cupón y envíelo a
Harlequin Reader Service®
3010 Walden Ave.
P.O. Box 1867
Buffalo, N.Y. 14240-1867

¡Sí! Por favor, envíenme 2 novelas de amor de Harlequin (1 Bianca® y 1 Deseo®) gratis, más el regalo sorpresa. Luego remítanme 4 novelas nuevas todos los meses, las cuales recibiré mucho antes de que aparezcan en librerías, y factúrenme al bajo precio de $3,24 cada una, más $0,25 por envío e impuesto de ventas, si corresponde*. Este es el precio total, y es un ahorro de casi el 20% sobre el precio de portada. !Una oferta excelente! Entiendo que el hecho de aceptar estos libros y el regalo no me obliga en forma alguna a la compra de libros adicionales. Y también que puedo devolver cualquier envío y cancelar en cualquier momento. Aún si decido no comprar ningún otro libro de Harlequin, los 2 libros gratis y el regalo sorpresa son míos para siempre.

416 LBN DU7N

Nombre y apellido	(Por favor, letra de molde)

Dirección	Apartamento No.	

Ciudad	Estado	Zona postal

Esta oferta se limita a un pedido por hogar y no está disponible para los subscriptores actuales de Deseo® y Bianca®.

*Los términos y precios quedan sujetos a cambios sin aviso previo.
Impuestos de ventas aplican en N.Y.

SPN-03   ©2003 Harlequin Enterprises Limited

Julia®

Harry Bensen acababa de encontrarse con la supermodelo Althea Almott, la mujer que le había roto el corazón años atrás y que ahora iba a ayudarlo a recuperarse. Harry no sabía si llorar o reír.

Por varios motivos, tanto profesionales como personales, Althea había tenido que abandonar al mundialmente famoso fotógrafo. Ahora no podría hacer lo mismo, ya que, literalmente, Harry había caído a sus pies. Además, él era el único hombre que le había dejado huella en su vida. El problema era que cuando se recuperase, no querría tener nada que ver con una mujer recién divorciada... Al menos eso creía ella.

Una vida sin rumbo
Barbara Gale

Una vida sin rumbo

Barbara Gale

Si pudiera pedir un deseo, pediría encontrarse en cualquier otro lugar...

Bianca®

Ella era virgen... hasta que lo conoció

A pesar de lo que Maggie pensaba, el millonario Jack McKinnon quería casarse con ella...

Maggie había luchado mucho para conseguir su independencia y no estaba dispuesta a permitir que se la arrebatara otro hombre poderoso... por muy bien que la hiciese sentir.

Pero una cosa era mantenerse fuerte estando sola y otra muy diferente hacerlo sabiendo que llevaba dentro al hijo de Jack.

Inocencia y deseo

Lindsay Armstrong